Von Wegen

TEXTE AUS DER
SCHREIBWERKSTATT DER
VOLKSHOCHSCHULE
BAD HOMBURG

Von Wegen

Hindernisse, niedrige und hohe,
stellen sich in den Weg.
Verlockung, Gefahr, Enttäuschung,
Sorge, Trennung und Angst – alles
das gilt es immer wieder aufs
Neue zu überwinden, will man auf
dem rechten Weg bleiben, sich
nicht unterwegs verlieren oder
verirren.

Umschlaggestaltung:
Inge Marziniak

Herstellung und Verlag:
BoD – Books on Demand, Norderstedt

ISBN: 9783743100138

INHALT

Wege sind einzig und allein dazu da, sie zu begehen, um von einem Standort zu einem anderen zu gelangen.

Sie zeigen die Richtung an, geben Sicherheit, sodass man nicht auf Abwege gerät. Insbesondere fordern sie von jedem Benutzer Bewegung; geschieht das nicht, herrscht Stillstand. Das Erleben beginnt erst unterwegs: Man trifft Weggefährten, begegnet und trennt sich, schaut auf den Wegesrand und bei freier Sicht auch darüber hinaus. Man macht Entdeckungen, genießt die Wegzehrung, beachtet oder übersieht Wegweiser, trifft an Wegkreuzungen Entscheidungen, macht Umwege, gerät auf Irrwege, stößt auf Hindernisse, räumt sie aus dem Weg und macht damit den Weg nicht nur für sich, sondern auch für andere wieder frei. Unterwegs stellt sich Ermüdung oder sogar Erschöpfung ein, sind Ruhepausen angesagt, aber dann muss es weitergehen. Erst das Wegende ist das Ziel – Stillstand, Ruhe, Erholung.

Nicht anders ergeht es dem Menschenleben: Es bewegt sich vom ersten Tag an auf dem ihm eigenen Lebensweg. Dieser führt unentwegt über Höhen und Tiefen, entweder in Ruhe und Stille oder in Hast und Eile. Hindernisse, niedrige und hohe, stellen sich in den Weg. Verlockung, Gefahr, Enttäuschung, Sorge, Trennung und Angst – alles das gilt es immer wieder aufs Neue zu überwinden, will man auf dem rechten Weg bleiben, sich nicht unterwegs verlieren oder verirren. Manchesmal möchte man sogar umkehren oder den Weg ganz verlassen.

Doch man begegnet ja Weggefährten. Zu zweit fällt das Weitergehen wieder leichter. Manche Wegbegleiter verabschieden sich zwar bald wieder, um eigene Wege einzuschlagen, andere bleiben jedoch die ganze übrige Wegstrecke an der Seite. – Und dann kommen ja immer wieder die Lieblingswege! Auf ihnen begegnen Freude, Schönheit und Glück; denn sie verleihen Lebenskraft und Zuversicht, lassen Dankbarkeit für Erlebtes aufkommen. Doch selbst hierbei verspürt man: Jeder Weg, auch der schönste, geht einmal zu Ende.

Viele dieser Wegerfahrungen haben die Teilnehmerinnen und Teilnehmer des Kurses „Schreibwerkstatt. Erinnerungen an das eigene Leben" der Volkshochschule Bad Homburg erzählend und schreibend – wenn auch in ganz unterschiedlicher Weise – zu einem Büchlein zusammengefügt und ihm den Titel „Von Wegen" gegeben. Nun vertrauen sie darauf, dass sich Leserinnen und Leser finden, die sich ihrerseits zu einem unterhaltsamen, nachdenklichen, vielleicht sogar anregenden Lesen auf den Weg machen.

Klaus-Dieter Metz
Kursleiter

Bormann Gisela

WO WAR DER WEG?
Die Markierungszeichen
waren verschwunden,
sie raubten den Weg, den wir suchten.

Die Tiere trampelten
in alle Himmelsrichtungen,
sie löschten den Weg, den wir suchten.

Kein Mensch hielt sich auf
in der Einsamkeit,
wir konnten nicht fragen
nach dem Weg, den wir suchten.

Ein grauer Nebelschleier
bedeckte die Landschaft,
verhüllte den Weg, den wir suchten.

Die Dunkelheit setzte wie immer ein
und nahm uns die Hoffnung,
den Weg zu sehen, den wir suchten.

Die Erschöpfung sprach:
So, ruht aus, tankt Kraft und Stärke,
dann findet ihr den Weg, den ihr suchtet.

Bormann *Gisela*

Verlorener Weg

Für unser Urlaubsunternehmen „Grande Travasata delle Alpi", ein Fernwanderweg, der in zweiundfünfzig Etappen von den Zentralalpen an der Schweizer Grenze durch das Gran Paradiso-Gebiet bis zum Mittelmeer in Italien führt, hatten mein Mann 
Bernd und ich die ersten vierundzwanzig Tage in Angriff genommen, unser Tagebuch berichtet:

Samstag, den 10.08.2001

San Maria Fobello 1.094 Meter
Es ist der vierte Tag, wir erreichen den idyllischen Ort San Maria Fobello. Er befindet sich am Ende eines Tales, welches links und rechts von bizarren Berghängen eingekesselt ist, worauf die Sonne glühendrote Streifen ausbreitet. Der Weg nach hier ist geprägt von sich aneinanderreihenden Zufällen, gepaart mit viel Hilfsbereitschaft, in die wir uns freudig einlassen. Zum einen die Busfahrt in dieses Tal, der Einkauf fürs versäumte Frühstück, zum anderen das Telefonat der Chefin eines Cafés, was zur Folge hat, dass uns der Pensionswirt Andrea mit dem Auto abholt.

Nachdem wir den gestrigen Tag – wir haben ihn auf den Namen „Höchstleistungstag" getauft, überstanden haben, glauben wir soeben in diesem Augenblick im Paradies angekommen zu sein. Wir beziehen ein Zimmer mit einem blumengeschmückten Balkon und einer heißen Dusche, die wir ausgiebig in Anspruch nehmen. Unser Wirt Andrea spricht deutsch, verwöhnt

12

uns mit schmackhaftem Essen und liest uns jeden Wunsch von den Lippen ab.

Noch am Morgen waren wir weit entfernt von diesen Annehmlichkeiten; denn es beschäftigten uns einige bange Fragen: Wo sind wir überhaupt? Können wir nochmal so einen Tag wie gestern bewältigen? Wie wird dieser Tag? Finden wir unseren verlorenen Weg wieder?

Jetzt im Liegestuhl völlig entspannt und glücklich, bin ich sogar sehr stolz über unsere gestrige Leistung, schaue zum Himmel, wo die vom Wind getriebenen Wolken mich in den „Vortag" zurücktragen.

Freitag, den 09.08.2001

Start: Alpe Pian 1.743m   Ziel: Rimella   1182m
Die Sonne bahnte sich langsam ihren Weg über die Berggipfel und versprach einen warmen Tag. Die Nacht in der Biwak-Schachtel hatten wir hervorragend geschlafen, so dass wir frischen Mutes die Tagestour in Angriff nahmen. Es war sieben Uhr und laut Wegbeschreibung standen uns sechsdreiviertel Stunden reine Geh-Zeit bevor.

Zuerst wanderten wir locker einen kleinen Hang aufwärts, sofort fingen unsere Schweißporen an zu arbeiten. Nach der ersten Kante breitete sich vor uns eine Hochebene aus, die in sattes frisches Grün getaucht war, und die Sonnenstrahlen malten goldene Streifen über das Gebiet. Wir legten sofort eine Zwangspause ein, weil vom vielen Regen des Vortages das nasse Gras unsere Schuhe von innen und außen aufgeweicht hatte. Naja, so schnell ließen wir uns nicht entmutigen, dreißig Minuten Trockenzeit; dann weiter aufwärts zum nächsten Hochplateau, dort lag der wunderschöne Lago di Ravilla mit seinem blaugrünen Wasser, in dem sich die Bergspitzen spiegelten. Nach einem weiteren kleinen Anstieg zum Colle del Usciolo hatten wir die erste 2.000 Meter-Marke geknackt. Auf die Schnelle etwas getrunken; dann stürzten wir uns wieder abwärts.

Im Wechsel mit kleinen und langen Serpentinen schnurrten wir den Hang hinunter, und ich meisterte meine erste anspruchsvolle Knieprobe problemlos.

An einem Bach machten wir nun für dreißig Minuten eine „Blasen-Pause"; denn inzwischen blühten diese schon wieder reichlich an meinen Füßen. Danach wartete auf uns noch ein kleiner Gegenanstieg mit Blick auf Campello Monti, einem winzigen reizvoll gelegenen Ort, der nur im Sommer belebt ist, zu dem wir nun endgültig siebenhundert Meter abstiegen.

Das Dorf ließen wir links liegen und stapften die nächsten sechshundert Meter zum zweiten Colle-Bocchetta di Campello erneut aufwärts. Im ersten Teil stellte sich bei mir starke Übelkeit ein, nichts ging mehr! Atembeschwerden, der Magen rebellierte, der Rucksack schmerzte am Rücken, der Ischias-Nerv meldete

14

sich und die Beine waren bleischwer. Zum Glück, wie von Zauberhand verschwanden alle Probleme nach einer Fünfzehn-Minuten-Pause, in der ich recht viel Wasser trank, so dass wir in altgewohnter Wander-Manier weitertrabten. Auf einer Stelle mit tollem Rundblick – mitten im Berghang – machten wir später unseren Mittagsstopp, genossen die Aussicht und erholten uns vom anspruchsvollen Vormittag, und ich konnte sogar ein wenig schlafen.

Ausgeruht und gestärkt setzten wir den Weg fort und waren sehr glücklich, als wir die Bocchetta di Campello erreichten. Dort wurden wir erneut mit einer tollen Aussicht belohnt.

Jedoch währte unser Glück nicht allzu lange; denn wir unterlagen einem Irrtum. Hier war zwar auch eine Bocchetta (Bergkante), nur nicht die richtige.

Also schön aufpassen, immer rechts halten am Hang entlang, wie in der Wegbeschreibung vorgegeben. Leider gab es aber in dem Kessel ganz besonders viele Markierungen. Erneut stiegen wir zur Bergkante; allerdings auch dort das große ABER! Wie geht es weiter? Keine neuen Erkenntnisse, selbst nach mehrmaligem Lesen der Tourenbeschreibung und dem Studieren der Karte, fanden wir keine aufschlussreichen Hinweise. Bekanntlich führen ja viele Wege nach Rom, manche jedoch nur scheinbar. Dies blieb uns erst einmal als einziger Trost. Wir fühlten uns in dem Almgebiet recht verloren, so dass wir schon an unserer Fähigkeit, geübte Wanderer zu sein, zweifelten.

Auf einer Alpe mit vielen Tieren und auf der Leine hängender Wäsche wollten wir um Rat fragen, aber dort war niemand zu Hause. Pech gehabt! Nur eins schien für uns sicher, nicht links, sondern rechts halten. Also – irgendwann mussten wir doch aus dem verflixten „Irr-Gebiet" heraus und unseren verlorenen Weg wieder finden; denn das Hin und Her hatte nun schon über eine Stunde gedauert. Deshalb immer schön rechtsseitig und irgendwie weiter. Das Irgendwie war jetzt unser Kompass: Über Tier-Trampel-Pfade am Hang, etwas aufwärts in Richtung einer Almhütte – wir dachten auf diese Weise zu einem höher gelegenen Weg zu gelangen. Trugschluss, die Hütte war geschlossen! Rasch über ein Bachbett – wo wir auf der anderen Seite glaubten einen Weg nach abwärts zu erkennen.

Leider! – Glaube allein macht keine Wege, und plötzlich standen wir mitten im Hang zwischen Erlengestrüpp, Alpenrosen und dicht an dicht gewachsenen Grasbüscheln, welche uns keine Sicht auf unsere Fußtritte gewährten. In diesem Berg absolvierten wir unser Meisterwerk – im Absteigen: Wir stolperten über Luftwurzeln, fielen in Hohlräume von getrocknetem Gestrüpp und rutschten auf nassen Blättern den Hügel hinunter, alles das kostete besonders viel Kraft. Mit der Bemerkung „Was für ein Mist" ließen Bernd oder ich im Wechsel unsere Wut heraus. Zum Glück geht auch so ein „Horrortrip" einmal zu Ende. Aber sofort standen wir vor der nächsten fraglichen Entscheidung: Ganz klar, der schöne Weg am anderen Flussufer war garantiert nicht der richtige, vergeblich suchten wir nach Markierungen, also dann rechtsseitig vom Fluss weiter! Wie konnte es anders sein, war auch das eine falsche Entscheidung; denn wieder endete der Weg mitten im Hang – Ende!

Inzwischen war es schon neunzehn Uhr und langsam setzte die Dunkelheit ein. Da wir nicht noch einmal im wilden Gestrüpp herumstochern mochten, entschieden wir uns fürs Umkehren bis hinunter zum Fluss und auf der linken Wegführung weiter. Wir waren insofern besser dran, auf einem wirklich guten Weg zu laufen, der uns garantiert irgendwo und irgendwie zu Menschen führte. Na ja, nun war uns fast alles egal. Es ging sechshundert Meter abwärts, zuerst über kurze steinige Serpentinen, später auf längeren Pfadstücken mit Grüngewächsen und zum Schluss ziemlich steil durch einen Wald. Ein am Hang klebender Ort mit Beleuchtung war unsere Rettung und machte uns Mut.

Bernd lief schon voraus, um für Essen und Übernachtung Reservierungen vorzunehmen; denn in den kleinen Bergdörfern gab es dafür nicht allzu viele Möglichkeiten. Ich tippelte mit schweren Beinen bei diffusem Licht die letzten einhundert Höhenmeter allein hinterher.

Nach einer Vierzehn-Stunden-Tour mit etlichen Höhenmetern meldete mein Körper totale Erschöpfung: Bernd saß an einer Ecke mit verschränkten Beinen auf der Erde und wartete auf mich. Nachdem ich die Ecke passiert hatte, ein Fantasiestreich; von Bernd keine Spur.

Um Punkt einundzwanzig Uhr mit dem Glockenschlag einer entfernten Kirche kam ich im Ort an; Bernd empfing mich mit einer Leidensmiene und dem letzten Hammerschlag des Tages: Der schöne Ort war ein altes verlassenes Walser-Dorf. Außer einer Katze war niemand – wirklich niemand anwesend, trotz einer großzügigen Dorfbeleuchtung und einem intakten Wasserbrunnen. Kurzes Hin und Her – unsere Entscheidung – wir biwakierten hier in freier Natur.

Unter normalen Umständen wäre dieser Tag nach sechsdreiviertel Stunden bewältigt, aber wir hatten mit all den Irrwegen einen über Vierzehnstundentag daraus gemacht, wobei wir uns schon am Mittag nur eine Stunde dreißig vor unserem Ziel Rimella befanden.

Auf einer überdachten, betonierten Plattform eines Lastenaufzuges schlugen wir unser Nachtlager auf und fühlten uns dabei gar nicht so erfolglos, sondern eher etwas abenteuerlich. Bernd kochte uns eine Fünf-Minuten-Suppe und einen Gute Nacht-Tee. Diesmal mussten wir die Nudel-Suppe trinken; weil wir bei den Aufregungen des Tages irgendwo unser Besteck liegen gelassen hatten. Mit unseren Anziehsachen gestalteten wir auf dem harten Betonuntergrund eine halbwegs brauchbare Unterlage. Unsere Schuhe und die Rucksäcke hängten wir an die Drahtseile des Aufzuges, man konnte ja nie wissen, ob uns in der Nacht noch irgendwelche Tiere besuchten. Gegen zweiundzwanzig Uhr dreißig schlüpfte ich in den Schlafsack, der sachte Wind strich um meine Nase, und der Schlaf holte mich sofort in das Reich der Träume, derweil Bernd noch zwei Ramazotti-Schlückchen als Schlafelixier zu sich nahm.

Ich schaue immer noch zum Himmel, der Wind hat aufgehört die Wolken zu treiben, sie stehen still — ich bin wieder zurück von unserem „Höchstleistungstag", freue mich darüber, dass sich heute alles so nahtlos ineinanderfügte und vergesse die Strapazen des Vortages.

Bormann *Gisela*

Blacky - mein treuer Begleiter

An diesem Morgen zeigte sich der Himmel überhaupt nicht, viele schwarze Wolken bedeckten ihn, so dass wir jegliche innere Widerstände überwinden mussten, unsere Trekkingtour im Himalaya in Angriff zu nehmen.

Wir starteten am Samstag, Mitte Mai 2013. Auf Grund des Wetters trotteten wir so vor uns hin. Plötzlich weckte lautes Hundegebell unsere Aufmerksamkeit. Im gleichen Moment drängte sich ein Hund schutzsuchend an mein rechtes Bein, so dass ich mit dem Weitergehen Schwierigkeiten hatte. Von hinten stürzten zwei weitere laut kläffende Hunde auf uns zu. Unsere Träger verscheuchten die Verfolger, die offensichtlich den Schutzsuchenden in einen Kampf verwickeln wollten; der aber blieb an meiner Seite. Bernd, mein Mann, der das kleine Intermezzo von hinten beobachtet hatte, meinte: „Du hast nun einen neuen Freund" Die Träger schafften es, die Angreifer zu vertreiben, deshalb glaubte ich, spätestens am Dorfende würde der verängstigte Hund wieder seinen eigenen Weg gehen.

Ich irrte mich, er trippelte noch weiterhin mit, immer zwischen Bernd und mir. Während der Mittagspause lag er ganz ruhig unter unserem Tisch, und als wir wieder weitergingen, stand er sofort bereit und begleitete uns. Am Tagesziel wollte er unbedingt mit in unser Zimmer, was wir ihm verwehrten, so dass er mit eingezogenem Schwanz davonschlich. Außerdem hatten Bernd und ich uns geeinigt, ihn auf keinen Fall mit Futter zu versorgen, um ihn nicht zu stark an uns zu binden.

Große Überraschung am Morgen: Der Hund lag vor unserer Zimmertür. Wir hatten angenommen, dass er nach der gestrigen Behandlung das Weite gesucht hätte. Falsch gedacht!

Abwartend verfolgte er unser Handeln und machte sich dann mit uns auf den weiteren Weg. Auch an diesem Tag blieb er ausschließlich in Bernds und meiner Nähe. Obwohl ihn die Träger mit Fressen versorgten, wich er nicht von unserer Seite. Wir staunten sehr über unseren neuen Weggefährten. Auch am Abend war er immer noch bei uns, und wir mussten aufpassen, dass er nicht mit in die Gaststube kam; denn die Wirtsleute gestatteten es nicht.

Am dritten Tag nicht anders – eilte er doch mal ein paar Schritte voraus, blieb er nach einer Weile stehen, schaute, wo wir blieben, und wartete, bis wir wieder zusammen waren. Einige Leute, denen wir begegneten, staunten; denn zwei Europäer mit Hund auf Trekking-Tour im Himalaya sah man nicht alle Tage. Scherzend erklärte ich: „Der Hund ist ein spezieller Guide".

In der Nacht, in der ich mit neun Männern in einem Raum schlief, lag der Hund zusammengerollt vor meinem Lager. Da ich Atemprobleme bekam, weil jemand im Nebenraum die ganze Nacht am offenen Feuer hantierte, so dass der Qualm durch die breiten Ritzen direkt über mein Gesicht streifte, begab ich mich des Öfteren ins Freie, um meine Atemwege wieder zu reinigen. Jedes Mal, wenn ich nach draußen ging, folgte mir der Hund. Er vermittelte mir: Ich will auf dich aufpassen und in deiner Nähe bleiben.

Nun fand ich, sei der Zeitpunkt gekommen, unserem Freund auf vier Pfoten einen Namen zu geben. Auf Grund seines Aussehens, total schwarz, nur mit einer kleinen weißen Stelle unterm Hals und weißen Pfoten, taufte ich ihn „Blacky". Überraschenderweise dauerte es nicht lange, bis er auf den Namen hörte. Die Rasse erschloss sich mir nicht, war aber auch egal. Allerdings besaß er eine große Ähnlichkeit mit unserem Waldi, einem Münsterländer, der ebenfalls die gleiche Farbmischung und

Größe besaß und eine Zeitlang unserer Familie angehörte.

Wenn die Küchenmannschaft in der Mittagspause arbeitete, faulenzte ich, lag auf einer Steinplatte mit geschlossenen Augen und genoss die inzwischen strahlende Sonne. Blacky tat es mir gleich. Er lag dicht neben mir, ebenfalls die Augen zu. Er berührte mich sehr mit seiner Anhänglichkeit; obwohl wir unserem Prinzip treu geblieben waren und ihm nie etwas zu fressen gaben. Das erledigten nach wie vor die Träger.

Am fünften Tag, auf einer Höhe von dreitausendfünfhundert Meter, erlebten wir einen fragwürdigen Moment. An einer Stelle machte Mingma Nuru – der Sirdar, so die Bedeutung für den Trekkingleiter – uns auf große sonderbare Kratz-Spuren im Sand aufmerksam. Alle mussten sich leise verhalten, und die Mannschaft schaute sich suchend um. Auch Blacky zeigte ein seltsames Verhalten. Er blieb dicht an meinem Bein geschmiegt stehen, knurrte zum ersten Mal aufwärts in Richtung des Waldes und wollte nicht weitergehen. Mingma Nuru meinte: „In diesem Abschnitt ist oder war ein Tiger"! Mit viel Überredungskunst schaffte ich es, dass Blacky mit uns weiterging, allerdings immer fest an mein rechtes Bein gedrängt.

Nach dieser Begebenheit schickte ich ihn am Abend nicht vor die Tür, er durfte bei uns im Zimmer schlafen, wo er sich zufrieden unter meiner Pritsche zusammenrollte. Die Lodge-Betreiber gestatteten inzwischen auch, unseren Freund mit hinein zu nehmen; denn er hörte ja brav auf meine Anweisungen.

Blacky blieb auch noch bei einer Höhe von viertausendzweihundert Metern treu an unserer Seite. „Normalerweise" erklärte uns der Parkwächter an diesem Morgen, „dürfen keine Hunde in den National-Park." Na ja, was nicht erlaubt ist und trotzdem geht!

Auch während unserer obligatorischen Höhenanpassungs-
aufstiege tänzelte er stets freudig zwischen den Steinen hin und
her, als ob er es jeden Tag machen würde. Nach unserer Ankunft
am Tagesziel Khare, viertausendsiebenhundertsiebzig Meter
hoch, stapften Bernd und ich zwecks Akklimatisation auf einen
Fünftausender. Auch bei diesem Unternehmen ließ Blacky uns
nicht im Stich, sondern marschierte treu mit auf den Gipfel.

Ruhetag in Khare! Was ist schon ein Ruhetag in den Bergen? Es stand ein Trainingsgang zum Mera Pass fünftausend-
zweihundert Meter hoch auf unserem Plan. Wegen
Steinschlaggefahr entschied Mingma Nuru, statt des normalen
Weges einen anderen zu nehmen. Und was für einen! An einer
Eiswand, in einer zwanzig Meter senkrechten Rinne, im Eis und
fließenden Schmelzwasser, ausgerüstet mit Steigeisen und Klet-
terseil, wollten wir alternativ hochsteigen.

Natürlich konnte ich mich bei dieser Aktion nicht um unseren Vier-Pfoten-Freund kümmern. Vor meinem Einstieg
sprach ich zu ihm noch ein paar tröstende Worte: „Blacky, sei
schön brav und warte hier, bis wir zurückkommen". Weit gefehlt:
Als ich nach der Kletterpassage den Gletscher erreichte, kam mir
Blacky schon über die Normalroute entgegengelaufen. Er hatte
wohl offensichtlich keine Angst vor Steinschlag. Über so viel Anhänglichkeit musste ich meine Tränen gewaltsam zurückdrängen.

Im High Camp auf fünftausendachthundert Meter boten
Bernd und ich unserem anhänglichen Wegbegleiter einen Platz im
Zelt zwischen uns beiden an; denn wir meinten, so viel Treue
müsse belohnt werden. Jedoch zeigte er seinen eigenen Willen. Er
verweigerte unser Angebot und suchte sich seinen Platz im kleinen vorderen Bereich unseres Zeltes, wo er sich wieder einmal
sehr kunstvoll zusammenrollte. Natürlich wollten wir keinen
Zwang ausüben, allerdings hatte ich Bedenken wegen der Kälte.
In der Nacht ging ich des Öfteren zum Toilettenzelt, selbst die

dreißig Schritte dorthin begleitete mich Blacky jedes Mal, danach legte er sich wieder brav auf seinen selbst gewählten Schlafplatz.

Am nächsten Morgen mussten wir wegen schlechter Wetterverhältnisse auf den Gipfelsturm des Mera Peak verzichten, so dass wir den Rückweg antraten. Da die tiefschwebenden Wolken und der Nebel uns total die Sicht versperrten, waren auch die Experten, die diesen Gletscher viele Male bestiegen hatten, orientierungslos. Also mussten Bernd und ich auf unseren Rucksäcken Platz nehmen, und die Mannschaft scherte in alle Richtungen aus, um den richtigen Weg zu finden. Natürlich, ganz klar, Blacky wartete ebenfalls. Er saß brav neben uns und schaute fragend von einem zum anderen.

Dieses Prozedere abwarten und ein kleines Stück vorwärts gehen, wiederholte sich etliche Male. Selbstverständlich hielten wir als brave Touristen und ebenso unser Freund gemeinsam durch. Auf diese Art und Weise bewältigten wir den Gletscher zum sicheren Abstieg endlich nach gut zwei Stunden.

Im weiteren Verlauf des Rückweges blieb Blacky treu an unserer Seite, so dass die Lodge-Betreiber uns nun als „Dreiergestirn" voll akzeptierten. Als wir uns jedoch dem Ort Lukla näherten, zeigte unser Wegbegleiter eine gewisse Nervosität. Er entfernte sich unterwegs, verschwand aus unserem Blickfeld, kehrte aber stets wieder zurück. Häufig mussten wir sogar nach ihm rufen. Nun war es Zeit, sich Gedanken zu machen, was mit ihm geschehen solle, wenn wir Lukla erreichten. Denn von dort flogen wir nach Kathmandu und das hieß tatsächlich Abschied nehmen. Bei uns stellte sich eine ratlose, bedrückende Stimmung ein. Mit Mingma Nuru vereinbarten wir: Damit wir in Ruhe abfliegen könnten und Blacky nicht dem Flieger hinterher rannte, sollten die Träger sich mit ihm in einem Raum aufhalten und den „armen Kerl" anschließend mit in ihr Dorf nehmen.

Zwischendurch strich unser Vier-Pfoten-Freund, so wie am

Anfang unserer Begegnung, ganz sachte an meinen Beinen entlang. Bei mir entstand Wehmut; denn die bevorstehende Trennung schmerzte schon jetzt.

In Lukla angekommen, erhielten wir im überbuchten Hotel nicht die reservierten Zimmer, so dass ein Durcheinander entstand, bis wir eine andere Unterkunft fanden. Blacky war noch mit uns gemeinsam in den Ort einmarschiert, erhielt allerdings auf Grund des Hotelproblems für einen kurzen Moment nicht unsere Aufmerksamkeit - und schwupp war er verschwunden. Wir schauten uns noch nach ihm um, entdeckten ihn jedoch nirgendwo. „Er taucht schon wieder auf", beruhigten wir uns.

Als Bernd nach einer Stunde das Hotel verließ, saß Blacky mit einer Hündin mitten auf der Straße eng aneinander gekuschelt. Es war das letzte Mal, dass wir ihn sahen.

Der Gedanke, er habe eine neue Liebe gefunden, war für mich die schönste Trennung, für ihn aber hoffentlich das ersehnte Hunde-Glück.

Bormann *Gisela*

Stafetten-Lauf in Istanbul

Unsere Balkanrundreise mit einem VW-Bus, im Volksmund VW-Bulli genannt, führte in die Türkei nach Istanbul, der Stadt am Bosporus zwischen zwei Kontinenten und zwei Meeren, dem Schwarzen Meer und dem Mittelmeer.

In unserer Heimat waren wir seit Jahren mit Hamdi befreundet. Er war türkischer Abstammung, ein schlanker, großgewachsener Mann, stets mit einem betörenden Lächeln im schmalen länglichen Gesicht. Seine Schwester lebte mit ihrer Familie in dieser Weltstadt mit ihren zahlreichen Palästen, Moscheen, Kirchen und Synagogen. Er empfahl uns, vor Ort seine Verwandten aufzusuchen, damit wir in der riesigen Metropole, wo das Goldene Horn, die Bosporusbucht, den europäischen Teil in zwei Bereiche trennt, über fachkundige Fremdenführung verfügten. Um Missverständnisse zu vermeiden, da wir die Familie nicht kannten, schrieb er ihr eine Nachricht über unser Kommen. Wir erhielten einen Briefumschlag mit der Handschrift seiner Schwester und deren Adresse, dies sollte unsere rechtmäßige Legimitation sein.

Ausgestattet mit Gastgeschenken, machten wir uns auf den Weg zu Hamdis Verwandten, die in einem der fünfundzwanzig europäischen Stadtteile lebten. Außerdem gab es noch vierzehn asiatische Stadtbereiche, so dass uns Unsicherheit befiel, ob wir in dieser riesigen Stadt mit ihrer weltweit einzigartigen Transitlage noch zurechtkämen. Daher stellten wir uns an den Straßenrand und winkten wie üblich nach einer Taxe, doch leider ohne Erfolg, und nach fünfzehn Minuten gaben wir auf. Mein Mann Bernd holte Verstärkung von der Campingrezeption und zeigte unseren Briefumschlag einem Angestellten. Dieser wartete mit uns einen kleinen Moment, pfiff dann kräftig auf einer Trillerpfeife und, siehe da, ein Mini-Bus mit zehn Sitzplätzen voll besetzt, dort als Sammeltaxe im Einsatz, hielt an.

Der „Pfeifenmann" gab dem Fahrer Instruktionen und los ging's mit rasantem Fahrstil. Ein Fahrgast fragte nach unserem Briefumschlag und es entstand zwischen den Mitfahrern eine heftige Diskussion. Unser Kuvert wanderte durch etliche Paar Hände. Mit Studieren einer Stadtkarte und vielen Erklärungen, die für uns unverständlich blieben, endete die Fahrt nach gut zehn Minuten.

Ein Polizist stieg aus und machte uns klar, ihm zu folgen. Wir versuchten Schritt zu halten und gingen gehorsam neben dem Uniformierten eine gerade Straße entlang, bis der Gesetzeshüter einen fremden Mann ansprach, uns wie in einem Stafetten-Lauf an diesen weiterreichte, allerdings nicht vergaß, noch auf unseren Umschlag hinzuweisen und mit einem freundlichen Handwinken verschwand.

Nachdem der „Fremde" sich mit einem Blick auf das Kuvert informiert hatte, setzten wir mit ihm den Weg fort. Am Straßenende bogen wir um eine Ecke, wo eine endlos lange Anliegerstraße vor uns lag. Jedoch schon nach kurzer Zeit begrüßte der „Fremde" einen ihm wohl bekannten Herrn, dies entnahmen wir aus der herzlichen „Küsschen-links und Küsschen-rechts Begrüßung". Bekamen wir nun einen neuen Begleiter? Tatsächlich! Die Entscheidung fiel nach einigem Palaver zwischen den beiden Herren, denn wir mussten erneut das Kuvert, welches Bernd inzwischen fest in der Hand hielt, vorzeigen.

Der „Küsschen-Mann" übernahm uns, lächelte unentwegt und sprach mit langsamen Worten auf uns ein. Leider änderte auch die Sprechgeschwindigkeit nichts daran, dass wir kein Wort verstanden. Wir querten eine Kreuzung, bogen links ab und stießen auf eine Schar spielender Kinder. Unser Weggefährte nahm meinem Mann den Umschlag ab, zeigte ihn in die Runde und führte dann mit zwei Jungen aus der Gruppe ein angeregtes Gespräch. Am zustimmenden Kopfnicken der beiden erkannten wir, dass die neuen Teilnehmer unseres Stafetten-Laufes gefunden waren. Mit Gesten der Dankbarkeit verabschiedeten wir den „Küsschen-Mann"!

Nachdem die zwei „Kopfnicker" unseren Umschlag genau studiert hatten, huschte ein breites Grinsen über ihre Gesichter, und sie klatschten sich per Handschlag ab. Wir schlossen daraus: Sie kannten den Adressaten! Die zwei hüpften vor uns her, so dass wir uns anstrengen mussten ihnen zu folgen, taten dies aber recht zuversichtlich. Am Ende der Straße bogen wir noch einmal um eine Ecke, direkt am zweiten Hauseingang rangelten plötzlich die zwei Jungen, wer es zuerst schaffte, auf die Türklingel zu drücken.

Mit unserem Kuvert in der Hand schauten wir voller Spannung auf die Haustür. Als sich diese öffnete, blickten uns fünf Augenpaare fragend an. Im Vordergrund eine schlanke, großgewachsene Frau mit einem sympathischen Lächeln in ihrem schmalen länglichem Gesicht, also viel Ähnlichkeit mit Hamdi, unserem türkischen Freund in der Heimat.

Wir waren am Ziel, unsere letzten zwei Begleiter beklopften sich mit einem Fäuste-Ritual und verschwanden wie Sieger um die Ecke.

Darali *Astrid Ina*

„Alles so schön bunt hier?!"

Berauschter Sinne
kreiseln Leiber
feurig wirbeln
nackte Füße

klatschen prasselnd
farbenfroh
fremde Tänze
mystisch
auf hölzernen Boden.

Zuckendes Muskelspiel
in wohlgeordnetem Getümmel
gibt Trieben Ausdruck

Getriebenem Nachdruck

demaskiert Geschehenes
an Mensch und Tier
in Geburt und Tod.

Aller Endlichkeit
Teufels Gesichter
schneidend

verzerrt
voll Zornes Schmerz

die ihren
ob des
durch Fremder Hände
bitter Erlittenen.

Quälend düster
brütend
sitzt das Wissen
um Böser Taten
in meinem Hirn

Geschmeidig winden
schlangenhaft
dunkle Körper sich
aus dem Würgegriff
unaussprechlichen Wahnes.

Irre wirbeln Glieder
lautlos segelnd
meinen Atem raubend
durch die Luft.

Freie
voll Hoffnung
und Zuversicht.

Bunt
stieben Funken
sprühen Feuerwerke
in meine Phantasie

erleuchten
kühnster Träume
Feste.

Eine Ahnung dessen
was sie leben
springt durch
mein drittes Auge.

Im Gestern fußen
gegensätzlich feste Traditionen
treffen heute auf Grenzübertreter
dem Morgen gehbare Pfade schaffend.

<u>Anstoß:</u>

- Thema der Schreibwerkstatt: Bunt.
- Mein Arbeitstitel: Wie sollte mir zu: Bunt etwas nicht einfallen?
- André Heller: Afrika, das Musical.
- Werden Kolonialherrschaften aufrechterhalten?
- Es gibt Menschen, die wünschen sich die Herren-Rasse(n) zurück, - andere sprechen von der Notwendigkeit einer bunten Gesellschaft.

Und läuft…

Wie ein Tänzer
kraftstrotzend
setzte er ein Bein
um das nächste
in ständigem Wirbel
trommelnd
voreinander auf.

Fuß voran stieß er
wieder und wieder
dem finsteren Grund
den ihn verfolgenden
überkommenen
zu ihm gehörenden
immer da seienden
Widersachern entgegen.

Die Schlangen
unter seinen Fersen
zu zermalmen
mit jedem Aufsetzen
die ihn hetzenden
Gedanken zu töten.

Dem bösen Zischeln
mit federnder Leichtigkeit
zu entkommen

glitt er geschmeidig
sanft über den
von fallendem Regen nassen
schwarz-glänzenden Asphalt
zur Gänze im Einklang sein Atem
mit dem Rhythmus seiner Schritte
in vorgegebenem Takt wie Finger
Tasten des Instrumentes anschlagend.

Mit gebanntem Blick
folgte ich seinem Lauf
und erkannte:

Ziel wird erreichbar
durch bestimmbare Zahl
Aufsetzens und Anschlagens!

Lauf und Spiel gleichen sich
im Vorwärtsdrängen
im Erreichen der Geraden.

Schwere Schritte
finden Befreiung
in Sprung und Schrei
lassen sich nieder
in samtenem Wiegen
dämmernden Morgens.

Entfesselt rasendes
Leben zerfällt taumelnd
in Auflösung.

Am Ende ist der irre Lauf
im Schlusstakt des Spiels.

Rausch löst in Fetzen sich auf
Blick verhüllendes Tuch verweht
fliehen dem Diesseits
Anderwelts reichen Sphären zu.

Atem fließt frei
Herz schlägt ruhig
Augen sehen klar
scharf sind Sinne
 Verstand
im Jetzt und Hier.

<u>Anstoß:</u>

- Nachts aus einer Mediathek den Film „Shame",
  Regisseur: Steve McQueen, aus dem Jahr 2011, gewählt
  und angesehen.
- Darin war ein, hier irisches Geschwisterpaar (älterer
  Bruder, Schwester), Opfer von secuellen Mißbräuchen
  in ihrer Kindheit geworden.
- Sie versuchten, ihrer Geschichte auf eigene Art zu
  entkommen.
  Fielen dennoch immer wieder in ihre Opferrolle zurück.
- Das früh Erlebte nutzen sie selbst, ihre eigene (Ohn-)
  Macht an Anderen (aus) zu üben.
- Nach einer Laufszene unterbrach ich berührt den Film;
  schrieb das Gerüst, den Rohbau dieses Stückes, dann
  erst sah ich mir den Film bis zum Ende an.

Darali *Astrid Ina*

Verlorener Zwilling
(Brüderlein, magst ruhig sein)

Am Morgen traf ich sie
an Vergessens
weit aufgeschwungener Türe.

Jene die ihren Zwilling verlor.

Beide waren ihrer Zeit voraus.

Stärker war sie doch
als ihr schwaches Brüderlein.

Ihm fehlte die Kraft
erster tiefer Züge.

Seiner Lungen Flügel
konnten sich nicht ausbreiten.

Kein Schrei nach Leben
entrang sich seiner Kehle.

Die um ihn kämpfenden
Halb-Götter
obschon voll Wissen
wa(h)ren machtlos.

Wohl beklagt doch klaglos
wand sich nach gegebener Zeit

des Bruders letzter Atem
der ewigen Heimstat(d)t zu.

Des Zarten Leib wurde
so sprach einst mein Vater
wohl in einem Kästlein
verwahrt
vor seinem
und der Mutter
Blick verborgen.

Geleitlos einsam dann
einem Fremden
gerade Erwachsenen
zugleich Verstorbenen
in selbiger
tiefer Mulde beigelegt
und bedeckt.

Aus Eichenholz
wünscht' ich mir das Kästlein
für den Buben!

Hart und edel sollt' es gewesen sein
gleichwie des Schwachen Kampf.

Gelebten Baumes
dessen Ringe viele Jahre zählten
um dann bestimmt zu werden
umgehauen niedergerissen

gespalten ausgehöhlt
zerteilt verzapft
geteert.

Des' Blutes Duft
hinge würzig-schwer
in diesem engen Heim
umfinge den
DAHIN Gegebenen
schützend
bergend
grün.

Der dem Jungen dann
aus eigener Jahre Fülle
während ihrer beider Tode
des HÖCHSTEN Wiederkunft
wissend erwartend
berichten möge:

… von Schmerzen
da ihm aufsteigender Saft
das Blattwerk austrieb
dem Geschwirr und Geflatter
um die Kinderstuben
in seinen Höhlen und Geästen
ein um das andere frühe Jahr.

…von gequälter Sinne
völliger Erschöpfung
zu seinen Wurzeln
in durchwittert

mildwarm-gnädiger Nacht
dem hitzigen Tanze folgend
auf des schwülen
in aller HERR GOTTES Frühe
begonnenen Tages Last.

…von schattig-kühlen
feucht-erdig duftend
ausklingenden Erntetagen
fleißiger Schnitter
freundlich-zufrieden ruhend
unter seiner farbig-beblätterten Krone.

…von zeh(r)rend bitteren Wintern
eisigem (G)Reif
an dürr-nacktem Geäst
des Lebens beraubt
allein geblieben
vogelfrei
den Raunächten
in brausend
vorwärts stürmenden
tobend-tosenden Winden
den wilden Reitern ganz überlassen.

EinBaum treib(s)t unsinkbar auf ewigem Fluss.

So mochtest du
mein unerkannter Bruder
wunderbar getröstet

lange schon und weit
gereist sein
in deinem Schiff
durch die Zeit.

Gute Weiterreise rief ich dir nach
Vergessens Tür
an der ich unsere Schwester traf
sachte schließend.

<u>Anstoß:</u>

- Mein Bruder Olaf-Dieter,
  geboren am 15.04.1960, keine Uhrzeit notiert,
  Geburtsurkunde des Standesamtes Bad Kreuznach,
  ausgestellt am 16.04.1960, Nr. 559/1960.

- Sterbeurkunde des Standesamtes Worms,
  ausgestellt am 16.04.1960, Nr. 322/1960.

- Er verstarb bereits am 15.04.1960 um 12 Uhr 16, wenige
  Stunden „alt".

- Die Grablegestelle ist meiner Familie nicht bekannt.

Reicher Fluss

An frühem Morgen atmet die Zeit Frieden
gerötet gleitet samten Nebel
wabert wattig Dunst in Schwaden
als Flusses Gefolgschaft dem nahen Meere zu.

Säuselnde Brise kräuselt das Nass
fächelt kühle feuchte Luft heran
sie schmeckt nach Salz und
der zu erwartenden Hitze des Tages.

Weit oben über Dunst und Nebel
fliegen die Zieher vorbei
ferner Heimat entgegen.

Flügel rauschen
ihre Spitzen berühren klatschend das Wasser
schneller und schneller wird das Rudern
bis der Auftrieb das Abheben erzwingt.

Grünblau schillern Libellen
schwirren in zackigem Flug
durch flirrende Fläche
jagen sie ihre Speise.

In licht- und wärmegefluteten
UferSeichten
flitzt heranwachsende Brut

in schierer Aufregung blitzend umher.

Aus dem Bett steigen Blasen
trudeln glucksend an die Oberfläche
künden von verborgenem Leben
in trüben gemeinen Tiefen.

An begischteten salzkrustigen Uferböschungen
stöckeln eifrig pickend hungrige Möwen
auf fleisch-rötlichen staksigen Beinen
durch schwarzbraunen dampfenden Schlick.

Der Fluss liegt ergeben treu zufrieden
in erobert breit und tiefem Bett.

Laute scherzende
plappernde schwatzende
übermütig lachende
einander liebende
stille vor sich hin weinende
innehaltende nachdenkliche
Reisende
befahren in
Vergnügungsbooten
Ruderbooten
auf Schlepp- und Lastkähnen
den unbeeindruckt träge
gleichmütig Fließenden.

Er nimmt sie alle mit sich
wie das lose Gestrüpp der Bäume
gebrochen in Stürmen vergangener Nächte.

Hier und da hüpfen die Gefährte
an Schnellen durch die Strudel
überwinden das Geschaukel
doch manches kentert sinkt
wird nicht mehr gesehen.

Der Fischer dort am
gegenüber liegenden Ufer
holt reichen Fang ein.

Wie an allen Tagen
bereitet er
dem Heimkehrenden
das festliche Mahl.

<u>Anstoß:</u>

- Vorstellung des von mir geliebten Flusses.
- Menschenfischer, Hesekiel Kapitel 47, Vers 10, Bibel.
- The Tempest, William Shakespeare.
- Don't pay the ferryman, Chris de Burgh.
- Das letzte Abendmahl, Bibel.
- Des letzten Abends Mahl.
- Das Leben, wie es ist: Anfang und Ende, Oben und
  Unten, Gut und Böse, bunte und braune Gesinnungen,
  letztlich und endlich Alle gleich.

Dillenseger *Renate*

Dünenwege auf Spiekeroog

Es gibt Augenblicke im Leben, da spürt man, dass man einen Ort gefunden hat, ohne ihn gesucht zu haben. Spiekeroog, meine Lieblingsinsel an der Nordsee - wie lange war ich schon nicht mehr hier, fünfundzwanzig Jahre, dreißig Jahre, aber die Sehnsucht war immer da.

Jetzt endlich, im Herbst 2014 habe ich mich einer Gruppenreise mit dem Evangelischen Regionalverband angeschlossen. Vieles, alles wird nicht mehr so sein wie damals mit meinem Mann. Ausgelassen und fröhlich sind wir die langen und hügeligen Dünenwege vom Hotel zum Strand gelaufen, manchmal gerannt vor lauter Übermut. Ganz genau kann ich mich noch an einen 12000m Volkslauf entlang des Spiekerooger Strandes zum Wrack des 1883 gestrandeten englischen Dampfers Verona, an dem wir beide teilnahmen, erinnern. Und jetzt? Man wird sehen!

Von der Fähre bis zu unserer Unterkunft im Frankfurter Haus sind ca. vierhundert Meter zurückzulegen. Gerade jetzt hat ein starker Wind eingesetzt. Zu Fuß stapfen wir über die gut angelegte Straße. Ganz schön anstrengend! Unterwegs sind wir schon seit frühmorgens um sieben Uhr. Total außer Puste gelangen wir endlich an unser Ziel und werden dort liebevoll mit einer Tasse heißem Tee empfangen. Glücklichweise gibt es einen Aufzug im Haus, sodass wir unsere Koffer nicht noch die Treppe hoch schleppen müssen.

Zwei Wochen Urlaub auf dieser kleinen Insel, ohne Autos, nur Fahrräder, ohne Arbeit und Verpflichtungen in Haus und Garten - zu mir selber finden, wird das gelingen?

Ein natürlicher Rhythmus prägt das Leben auf der Insel, be-

stimmt von Ebbe und Flut, ein Takt, der Entspannung und Muße bildet. Nur das Rauschen des Windes und das Klappern der Bollerwagen unterbrechen die Ruhe.

Morgen will ich alles ganz ruhig angehen, nicht hasten und rennen, sondern gemütlich die lange Straße durch den Ort schlendern, Neues entdecken, kleine und beschauliche Geschäfte anschauen, einen Ostfriesen-Tee mit Kandis-Zucker und Sahne im gemütlichen Cafe´ an der Ecke trinken oder mir einen Vanille-Schoko-Eisbecher gönnen. Der erste Urlaubstag verläuft genau so, wie ich es mir vorgestellt habe. Ruhe kehrt bei mir ein.

Am Dienstag mache ich einen ausgedehnten Spaziergang durch den Wald bis zu den Dünen. Hier entfaltet die Natur ihre ganze Schönheit. Es gibt viele Wege, die Insel zu entdecken. Der Boden ist feucht vom letzten Regen. Das Krähen der Fasane und das Schreien der Möwen unterbrechen die Stille. Eine einsame Bank am Wegesrand lädt zum Sitzen ein. Leiser Wind spielt mit den Sonnenstrahlen und den bunten Blättern der Bäume. Verträumt betrachte ich das Naturschauspiel. Ganz in der Nähe traut sich ein bunter Fasan aus dem Gebüsch. Er pickt die letzten Samen auf und stolziert aufgeblasen über den Weg. Schau nur, wie schön ich bin, will er mir wohl sagen. Nein, mir will er nicht gefallen, sein Gebaren jedoch lockt ein kleines graues Fasanenweibchen an.

Unser letzter gemeinsamer Urlaub vor dreißig Jahren hier auf Spiekeroog läuft ab wie ein Film. Auf der Insel hat sich viel verändert. Die Dünen dürfen nur noch auf den vorgesehenen gepflasterten Wegen begangen werden, und das ist gut so. Man achtet und schützt die Natur, und sie dankt es ihren Geschöpfen. Ich komme wieder ins Grübeln.

Sicher wäre es ratsam, jetzt nicht mehr so viel nach früher zu fragen, sondern die Zeit im Hier und Jetzt zu genießen. Nach Überwindung vieler Gefahren und Hindernisse habe ich endlich meinen eigenen Weg gefunden, Neues entdeckt, und Freude am Leben ist wieder eingekehrt.

Rein zufällig und gerade jetzt spaziert eine Mitreisende aus unserer Gruppe den Weg durch den Wald genau zu meiner Bank, und wir kommen ins Gespräch. Trauer ist in ihrem Blick, in ihren Worten. Seit dem Tod ihres Ehemannes vor knapp einem Jahr ist sie das erste Mal alleine verreist. Wird sie es schaffen, ihren Lebensweg ohne Partner zu gehen? Steinig und holprig wird der Aufbruch sein, neue Herausforderungen müssen überwunden werden, aber gehen und nicht stehen bleiben, das muss jeder immer wieder neu lernen. Über tiefe oder weniger tiefe Löcher stolpern und wieder aufstehen gehört zu jedem Leben.

Viele gute Gespräche und gemeinsame Spaziergänge folgen diesem ersten Zusammentreffen mit Frau Werner. Über ausgedehnte Wanderwege streifen wir durch Wiesen und einem Wäldchen zum Strand. Den Sand an den Füßen spüren, bei Sonne mit nackten Füßen am Wasser entlang schlendern, das ist Wohlfühlen pur.

Ein anderer Weg durch die Dünen führt uns oft zu der neu erbauten katholischen Inselkirche St. Peter, einem aus Sandstein und viel Glas in Form eines Zeltes erbauten Gotteshauses. Die Stille, die einfache Schönheit, hoch oben auf den Dünen lädt zum Gottesdienst oder einfach zum Verweilen ein. Bei mir ankommen, neue Wege suchen, finden und gehen, Ruhe und Erholung erfahren, das habe ich gesucht.

Von Kurgästen gestiftete Bänke laden die Besucher zum Ausruhen und Genießen der Landschaft ein und öffnen den Blick für die Schönheit der Insel, vielleicht auch für das Wesentliche im Leben.

Durch die abwechslungsreiche Dünenlandschaft führt mich der Weg doch am liebsten zu dem fünfzehn Kilometer langen

Sandstrand. Weißer, warmer Sand animiert zum Verweilen und Spazierengehen. Sich bücken, Muscheln und besonders schöne Steine, vielleicht auch einmal einen Bernstein finden, hilft, beweglich zu bleiben und bringt Körper, Atem und Geist in Einklang mit der Natur. Die heranrollenden Wellen umspülen die Füße, Sand und Wasser massieren sie unaufhörlich, unaufgefordert.

Ein besonderes Erlebnis ist ein dreistündiger Pilgerweg mit dem Pfarrer der Inselgemeinde durch unbekannte Dünenwege mit Lesungen und Liedern an neun verschiedenen Orten zur Besinnung und zum Danken.

Zwei Wochen Inselurlaub, schnell gingen sie vorüber, Vieles konnte ich neu entdecken, Natur, Wege, Menschen, sogar in mir konnte sich noch Verborgenes finden. Schon heute weiß ich, dass ich bald wieder dorthin zurückkehren werde.

Eisner *Gaby*

Im Hamsterrad

Nach gutem Schlaf steig´ ich hinunter –
Und meine Sinne werden munter.
Noch herrscht des Morgens Dämmerung –
Mir wird bewusst: so viel zu tun!

Ich schau hinaus, um das Wetter zu spähen –
Es sind tiefhängende Wolken zu sehen.
Da pack ich mich warm und will mich besinnen:
Mit dem Wichtigsten soll man zuerst beginnen...

Wo fange ich an, wie komm´ ich in Trab?
Gar vieles verlangt der Tag mir ab!
Ich spuck in die Hände und nehm´ auf den Faden-
Und habe die Hoffnung – es wird schon gut geraten!

Das Telefon läutet – warum geh ich nur dran?
So wird blockiert schon mein erster Gang!
Nun kann ich auch gleich zur Haustür gehen,
Um in den Briefkasten zu sehen.

Als Nächstes werd´ ich gleich mal was klären –
Doch will mein Partner gerad´ nicht zuhören!
Es klingelt der Nachbar, ich leih ihm mein Ohr –
Er berichtet haargenau, was er jetzt hat vor!

Der Druck nimmt zu, die Zeit vergeht –
Das Pensum der Aufgaben erhöht sich stet!

So schaff´ ich nichts – so kann nichts werden!
Der Blick nach oben: Himmel und Erden!

Die Wolken fliegen in sonnigem Schimmer –
nun aber los – ich pack ´s doch wie immer!
Mit eisernem Willen wird´s schon gehen –
den Zettel her, um mal klar zu sehen:

Anruf, Einkauf und Kopien,
Auto tanken, Arzttermin!
Emails checken und Rechnung zahlen,
Gemüse schnippeln und Körner mahlen.
Familienessen, für Schularbeiten Zeit bemessen,
PC-Beratung mit dem Experten,
Bericht dann schreiben, Daten auswerten.
Geburtstagskarte zum Gratulieren,
Mit Oma ein wenig telefonieren!
Auch Nachrichten hören, das Tier versorgen.
Dann saubermachen und Müll entsorgen.
Um fit zu bleiben, ´ne Runde Sport,
Gespräch mit der Freundin, die sich so sorgt.

Die Post noch schnell zum Kasten bringen.
Das Abendessen soll auch gelingen!
Fort setzt sich endlos so der Reigen –
Doch wo soll noch der Partner bleiben?

Verquerer Geist kommt nicht zur Ruh´,
Denn ständig kommt noch was dazu!
Vernunft bedrängt mich – mir wird bang –
Die Zeit so kurz – die Liste lang!

Im Kopf da rattert es gewaltig –
Zu viele Infos dort verwalt´ ich!
Ach, wäre ich nur effektiv –
Und fiele nicht in dieses Tief!
Noch vieles stößt mein Geist mir an –
Und weniges geht nur voran!

Ich muss das Richtige filtrieren –
Und was zu viel ist, aussortieren!
Will zu Ergebnissen gelangen –
Und nicht mit stetigem Zweifel bangen!
Das Wesentliche will ich erkennen –
Und Schritte danach dann benennen.

Ich möchte Eigenes erbringen,
Ideen umsetzen, Triumph erzwingen!
Ob sich das lässt mit Pflichten einen,
Die mir von Wichtigkeit erscheinen?
Den Mitmenschen Beachtung schenken –
Und die Altvorderen bedenken!

Vergangen der Tag, die Stunden verflogen –
Was ich bewältigt´, wird von mir nun gewogen!
Der Plan war größer als meine Kraft –
Nicht alles getan und doch so geschafft!

Gering erscheinen mir meine Taten –
Und ich hege noch Zweifel, ob sie gut geraten.
Am Anfang hab´ ich vom Erfolg geträumt –
Am Ende zähl ich nur, was ich versäumt.

Wieso verschleißt sich die Zeit denn so schnell?
In jungen Jahren stand sie doch fast still!
Liegt es an mir? Kann ich manövrieren?
Gelassener sein, Geduld nicht verlieren!

Wenn demnächst ich mich mehr besonnen,
Das Tagwerk mutig gleich begonnen,
Wenn niemand stört mich im Getriebe,
Und ich kann werkeln andächtig mit Liebe,
Wenn alles fließt und nichts ist eilig,
Und niemands Meinung ist mir heilig,
Wenn mir nicht ausgeht meine Puste,
Und sehr beständig küsst die Muße −
Dann fühl´ ich mich wie neugeboren,
Ideenreich und auserkoren −
Spür´ meinen Fluss im Handumdrehen −
Kann lässig so ans Tagwerk gehen!
Mein Lebensweg wird so zum lässigen Lauf
Und Stress hält mein Glück nicht mehr auf!

Nichts würde mehr sein wie zuvor...

Mit siebzehn entschloss ich mich, dem Hadern ein Ende zu bereiten. Ich gab mir einen Ruck für meinen Entschluss: ich würde in der provinziellen Stadt bleiben!

Jetzt, da ich mit meinem festen Freund Zukunftspläne zu schmieden begann, schien es mir leichter, mich in mein Schicksal zu fügen und ergeben in dem sogenannten sozialistisch-demokratischen Staat, der in Wahrheit nur ein Ein-Parteien-Staat war, zu verharren. Brav und angepasst ließen sich dort mit Hilfe einer starken Staatsmacht die Bürger lenken. Mein inneres Aufbegehren besaß nicht genügend Feuer zur Rebellion. Ich würde nur mir selber schaden, wenn ich der fester Hand zuwider handeln würde. Das erlebte man im sozialen Umfeld.

Bereitwillig würde ich nun weiterhin bei den Großeltern, die mich aufgezogen hatten, in dem kleinen Häuschen wohnen zu bleiben, bis ich irgendwann Kinder bekommen würde und das Wohnungsamt uns eine Neubauwohnung zuwies.

Ich war müde vom emotionalen Auf und Ab der Verheißung, in den Westen ausreisen zu dürfen. Jahrelang ging das nun schon so: die Eltern wollten mich zu sich nach Frankfurt am Main holen. Das hätten sie in meinen frühen Kinderjahren einfacher haben können, wenn sie sich eher entschlossen hätten. Sie hatten wohl etliche Umzüge zu überstehen. Der überraschende Mauerbau machte ihnen letztlich einen Strich durch die Rechnung. Nun währten die Bemühungen um meine Ausreise schon acht Jahre. Und ein Ende zeichnete sich nicht ab, denn die Behörden der DDR hatten kein Interesse daran, diesem Begehren nachzugeben. Arbeitskräfte fehlten schließlich an allen Ecken und Enden. Es wurde bei allen Heranwachsenden in eine solide

Schulausbildung investiert und natürlich ließ man die dann nicht so einfach ziehen.

In diesen Jahren fühlte ich mich gequält und hin- und hergerissen. Da waren die liebevollen Großeltern, die mir emotionale Sicherheit boten, auf die ich bauen konnte. In ihrem bescheidenen Rahmen zogen sie mich groß, beachteten meine Bedürfnisse und sorgten dafür, dass niemand mir weh tat. So konnte ich eine gute Schülerin werden, angepasst an die auferlegten Regeln. Die Großeltern ermahnten mich stetig, allen Weisungen zu folgen und nicht aufzufallen.

Natürlich gab es vieles zu beanstanden, was die allgemeine Versorgung in dieser Stadt an der deutsch-polnischen Grenze anbetraf. Die Unzufriedenheit der Bevölkerung wurde buchstäblich überkleistert mit großen Plakaten, die die Wahrheit verklärten: „Wir erfüllen den 5-Jahres-Plan!“ heizten die Werbeflächen in abgewandelten Parolen. Es gab kaum jemanden, der nicht ein schiefes Lächeln aufsetzte, wenn er sich damit konfrontiert sah. Mit vertrauten Personen spottete man insgeheim über die nur allzu bekannten Lügen. Zu offensichtlich zeigten sich an jeder Stelle Versorgungslücken, die fast alle Gewerbezweige betrafen – einzig die Produktion von Plaste-Artikeln überstieg sichtbar den Bedarf.

Diese Propaganda zu hinterfragen oder anzuschwärzen – buchstäblich! - kam einem Vaterlandsverrat gleich und wurde hart geahndet. Beruflich war man erledigt und für einen Aufstieg nicht mehr geeignet.

Von klein auf wurde das Feld für einen linientreuen Staatsbürger bestellt. Das fing im Kindergarten an und pflanzte sich in der Schule fort. Es gab Fahnenappelle und Marschlieder, und in jedem Schulfach gelang es, die politische Indoktrination fortzusetzen. Widerspruchslos schluckten wir tagtäglich den Brei, der uns angeboten wurde: Marxismus-Leninismus – der friedvolle

Sozialismus gegen das Geschwür des Kapitalismus. Die starke Polarisierung rief hinter den Rücken der Lehrer die kritischen Geister zum insgeheimen reaktiven Aufbegehren. Die Erzieher appellierten an unsere Dankbarkeit, im Frieden aufwachsen zu dürfen, während jenseits der Grenze der unbarmherzige kapitalistische Klassenfeind herrsche, der mit Kriminalität und Drogensucht nicht fertig würde und die Arbeitslosen hungernd auf die Straße treibe. Ein Bild des Frohsinns gegen ein Bild der Angst – so schwarz-weiß gestaltete sich das Bild, das sie malten.

Diese Agitation verfehlte in manchen kritischen Köpfen das Ziel. Einzelne von uns lästerten hinter dem Rücken der Lehrer, denn gegen besseres Wissen ließ sich so hundertprozentig eine einseitige Weltsicht nicht einimpfen. In dieser östlichsten Ecke des Landes konnten wir zwar kein Westfernsehen empfangen, aber es gab dennoch genug Informationen von allen Leuten, die Westverwandtschaft hatten, Briefe und Pakete empfingen oder gar besucht wurden.

Da ich mit beiden Welten in Berührung kam, blieb es nicht aus, dass ich Widersprüche feststellte. So haben meine frühesten Kindheitserinnerungen zu tun mit Wohlgerüchen bei Verwandtenbesuchen in Westberlin, dem Wohlgeschmack von Obst und Gemüse, der Farbenpracht von Gegenständen und Kleidung, dem Fest daheim, wenn ein Päckchen aus dem Westen kam. Später erfuhr ich so vieles aus den Gesprächen mit meinen Eltern, die nun wirklich nicht ärmlich und geduckt leben mussten. Sie hatten sich mit ehrlicher Arbeit zu einem guten Lebensstandard erkämpft.

Kritisches Bewusstsein begann zu wachsen als ich die Schule in der 3. Klasse wechselte, in der eine Auswahl guter Schüler straffer unterrichtet und abgefragt wurde als bisher. Zudem lernten wir von da ab Russisch. Es blieb mir nicht verborgen, wie alle Unterrichtsfächer systematisch durchwoben waren von politischen Phrasen. Selbst in Biologie und Chemie bezogen sich die Aufgabenstellungen zum Beispiel auf die Produktion in den sozialistischen Ländern oder die chemischen Waffen der Nato-Staaten.

Ich erlebte, wie unangepasstes Verhalten und kritische Bemerkungen bestraft wurden. Nicht nur durch die Benotung wurde Druck ausgeübt – schlimmer waren die Gespräche mit den Lehrern und den herbeizitierten Eltern. Diese mussten sich für die mangelhafte Erziehung ihrer Kinder verantworten. Ziel war es, zu geloben, im Alltag ihre Einstellungen zu verbessern und so ihre Vorbildfunktion wahrzunehmen. Im Grunde genommen fühlten sich diese Unterredungen für alle Beteiligten peinlich an.

Genauso wurde jeder, der eine Insignie des Westens stolz zur Schau trug, abgemahnt. So verwendete zum Beispiel ein Klassenkamerad eine Jakobskaffee-Tüte fürs Pausenbrot, ein anderer wagte es, das leere Persil-Paket als Schultasche zu benutzen. Dass dessen Vater auch noch Parteimitglied war, empörte die Lehrer! Dabei wusste man doch zu genau, dass gerade Parteimitglieder Zugang zu Devisen hatten und damit sich in den Intershops der Waren bedienen konnten. Zu meiner Enttäuschung trug auch meine vorbildliche Klassenlehrerin bei, die sich beim Beginn der Sommerferien mit meinen Eltern im Café traf und sie bat, ihr eine begehrte Lampe zu schicken. Das konnte ich gar nicht fassen – diese Scheinheiligkeit hatte ich ihr nicht zugetraut.

Die Aufmüpfigkeit der Bevölkerung zeigte sich in den Sammlungen, die sie sich heimlich in den Wohnungen zulegten. Leere Getränkedosen und Pralinenschachteln, Poster, Stammbuchbilder, Etiketten – und alles, was da so westlich funkelte, wurde in den Wohnzimmern zu Trophäen des Wohlstands, den sie anstrebten.

Meinen Vater lernte ich erst in dem Sommer kennen, als ich neun Jahre alt wurde. Er erhielt für zehn Tage eine Aufenthaltsgenehmigung, weil sein Vater gestorben war. Seine Flucht mit meiner Mutter 1954 lag da bereits zehn Jahre zurück. Es war seither sein erster Besuch in der Heimat. Die wenigen Tage, die meine Eltern mit mir und den Anverwandten verbrachten, machten mir gewaltig Eindruck. Wie damals als Kleinkind in Westberlin erlebte ich mit allen Sinnen so viele Neuigkeiten, die mich wie aus einem Dämmerzustand rissen. Die staubige Ereignislosigkeit der Stadt wandelte sich in Lebendigkeit, denn jeder Tag gestaltete sich neu und unerwartet. Die Eltern verfügten über Mittel, die Welt in Schwung zu versetzen. Türen öffneten sich, Mobilität schien unbegrenzt möglich, Genüsse erreichbar. Sie zogen all ihre Verwandten in den Bann. Aus der Lethargie des Alltags brach sich Fröhlichkeit und Begeisterung Bahn. So traurig der Anlass des Ereignisses – so freudig die Festlichkeiten um das Wiedersehen der Gesamtfamilie.

Doch nicht nur das. Mein Vater begann, mir die Welt neu zu erklären. Er berichtete von einer Freiheit, die mich staunen ließ. Offene Demonstrationen für oder gegen etwas seien in den Städten üblich. Bürger könnten Abgeordnete wählen aus einer Parteienvielfalt mit unterschiedlichen Zielen– er selbst sei sozial-demokratisch orientiert (später sollte sich das mit seiner erreichten Selbstständigkeit ändern). Die Polizei sei zum Schutz für die Bürger da und nicht umgedreht. Er betonte, dass jeder seine Meinung frei äußern könne zu religiösen oder politischen Fragen und den Ereignissen dieser Welt! Die Vielfältigkeit der Mode sei anregend und nicht uniform langweilig und die Musik revolutionär! Ich weiß noch, wie er zum Beweis seiner persönlichen Freiheit mit seinen Hausschuhen in unsere Geschäfte latschte, nur um Aufsehen zu erregen – und unserer Familie war es so peinlich!

Diesen Mut in vielen kleinen Dingen bewunderte ich. Er traute sich so viel in der Öffentlichkeit: zu fragen in Geschäften, zu fordern auf Ämtern, zu bestehen auf seinem Anrecht. Das hatte ich so von den Großeltern nicht vorgelebt bekommen. Sie passten sich an, muckten nicht auf, zogen sich zurück, wenn etwas verwehrt wurde.

Mein Vater beeindruckte mich sehr mit seiner Rhetorik, seinen Gesten, seiner Betonung und seinem weltmännischen Auftreten – kurz: mit seiner ganzen Erscheinung. In mir hatte er eine gute Zuhörerin. Ich staunte ihn an! Er verlangte aber auch von mir eine Meinung und möglichst meine bewundernde Zustimmung! Anstrengend war das schon! Schließlich fand er in mir eine willige Begleiterin in theoretischen und tatsächlichen Ausflügen.

Jedes Jahr verbrachten wir nun einige Sommerwochen miteinander mit Motorradfahren, Baden am See und Fahrradtouren. So junge Eltern zu haben, gefiel mir sehr. Sie sahen chic aus, machten Sport und ein Duft zog durch das kleine, alte Haus.alles roch so gut. Mein Opa, der Chefkoch in einem großen Hotel war, bereitete auch zu Hause die leckersten Sachen zu. Wir hatten in Erwartung des Besuchs Lebensmittelkarten gesammelt, um entsprechend auffahren zu können. Sogar Schlagsahne gab es nun – das prägte sich mir besonders ein!

In den Gesprächen malten mir die Eltern aus, wie schön es wäre, wenn ich bei ihnen leben würde – im eigenen Zimmer, mit neuen Möbeln. Ungeahnte Möglichkeiten verhießen mir eine interessante Zukunft. Doch es war klar, dass die Schranken des Staates den Zugang verweigern würden, ja wahrscheinlich würde es Jahre dauern, bis es zu einer Genehmigung käme.

In jedem Sommer verliefen die Besuche mit vielfachen Zusammenkünften im engeren und weiteren Familienkreis. Sowohl die Familie väterlicherseits als auch mütterlicherseits waren sich darüber einig, was für eine ausgemachte Gemeinheit es sei, das Kind nicht zu seinen Eltern ausreisen zu lassen! Jeder war empört und ganze Abende gingen darüber hin. Die Diskussion der allgemeinen politischen Lage führten sie wortgewaltig und hitzig. Viel Alkohol floss. Es kam zu Sentimentalitäten, aber auch Aggressionen.

Mein Vater insbesondere steigerte sich in seine feste Entschlossenheit, mich mit allen Mitteln aus diesem Staat herauszuholen. Er verband damit auch seine persönlichen Gründe, die ihn damals weggetrieben hatten, und wollte bewusst den Kampf mit dem DDR-Regime aufnehmen. Schließlich war es ihm damals nicht leicht gefallen, mit zwanzig Jahren das Land und die Familie zu verlassen. Er bewies uns allen in den Jahren, dass er nicht nur leere Worte sprach – er unternahm viel und verlangte von mir auch Familientreue und Bekenntnis.

Der reguläre und erste Schritt führte uns – die Eltern und mich - jedes Jahr zum „Rat der Stadt“. Dort füllten wir umfangreiche Formulare aus. Mein Vater stellte den Ausreiseantrag für mich. Vor den Beamten musste ich mich äußern und bekunden, dass ich auch diesen Weg wollte. Ich war mehr von meinem Vater eingeschüchtert als von den Staatsdienern. Ehrlichgestanden fühlte ich mich von dieser Entscheidung völlig überfordert. So sehr mir der sommerliche Wandel meines ansonsten ziemlich festgelegten Alltags gefiel, war ich doch eher ängstlich und schüchtern. Nun konnte es also eintreten, dass ich weg musste von den Großeltern und dem Haus mit dem Garten, also von allem, was mir bisher lieb und wert war - zu den Eltern, die ich kaum kannte, in eine fremde Umgebung ohne Freunde und Bekannte. Diese Gedanken machten mir Angst. Aber ich wagte nicht zu widersprechen.

Als im ersten Jahr dann auch gar nichts geschah, nahm ich die Sache etwas leichter. Wenn die Angst wich, wuchs dann wieder die Neugier auf ein aufregendes Leben außerhalb der gesetzten Grenzen. Das stellte doch eine ungeheure Chance dar, selbst seinen Weg gestalten zu können. Sehnsuchtsvolle Fantasien entwarf ich in den Nächten.

Mich ödeten die staatsbürgerlichen Bekenntnisse in der Schule an und sie Scheinheiligkeit des System machte mit zu schaffen. Wie sollte ich ein ganzes Leben damit klarkommen?

Die Lehrer wussten längst, dass ich nur treu und brav die Parolen wiederkäute, die sie vorgaben. Sie konnten mir keine schlechten Zensuren geben, denn ich war eine fleißige Schülerin. Doch kaum hatte das Schuljahr begonnen, waren sie auch schon von der Parteileitung informiert worden, dass auf dem Amt ein erneuter Antrag zur Ausreise vorlag. Das bedeutete Handlungsbedarf und forderte ihnen Überzeugungsarbeit ab. Ich wurde zu separaten Terminen bestellt, die mir höchst unangenehm waren. Diese „Unter-Vier-Augen-Gespräche" mit unterschiedlichen Lehrern dienten dazu, mir ins Gewissen zu reden und mich zum sozialistischen Staat zu bekehren.

Zuerst fragten sie mich nach meiner Zufriedenheit im Alltag bei meinen Großeltern. Ich hätte es doch sicher gut! In der Schule wären meine Leistungen ganz ordentlich, da käme ich doch auch gut zurecht! Der zweite Teil führte mir jeweils vor Augen, dass ich vom Staat eine gute Schulbildung erhielt und mir damit meine Zukunft gesichert aufbauen könnte.

Ich musste mich äußern, ob ich nicht auch Dankbarkeit verspürte meinen Großeltern und dem Staate gegenüber. Natürlich bejahte ich das. Mein Gegenüber legte mir dann den Schluss nahe, dass ich als Erwachsener meine Arbeitskraft später zum Wohle meiner sozialistischen Heimat dann auch einsetzen müsste. Ich antwortete wie programmiert mit „Ja, aber..." und legte dar, dass es mein Wunsch sei, in einer richtigen Vater-Mutter-Kind-Familie zu leben und ich deshalb den Ausreiseantrag zu meinen leiblichen Eltern unterschrieben hätte. Ich behauptete, das wäre ein rein privates Interesse und hätte nichts mit meiner

Ansicht zum hiesigen Staat zu tun. Dagegen konnten schlecht etwas gesagt werden.

Es folgten nicht gerade Beschimpfungen, doch moralische Ermahnungen, dass meine Großeltern es nicht verdient hätten, im Alter allein gelassen zu werden. Sie hätten schließlich alle Liebe in mich gesteckt und der Staat hätte in mich investiert – und nichts zurückgeben zu wollen, würde meinen Egoismus und meine Undankbarkeit offenbaren.

Ich fühlte mich übel und konnte mit meinem Kloß im Hals kaum noch etwas erwidern.

Mit gesenktem Kopf schlich ich mich jedes Mal nach Hause. Wie oft habe ich wach gelegen und das Dilemma abgewogen!? Mich quälten tausend Zweifel, wie ich mich richtig und anständig verhalten sollte!

Doch im Jahreslauf minderte sich meine Pein wieder, wenn ich merkte, dass sowieso nichts geschah. Bei der Abreise der Eltern klang es jedes Mal so, als wenn in den nächsten Wochen der Wechsel passieren sollte. Ich fühlte immer dieser riesige Aufruhr in mir! Und letztlich doch keine Wahl! Der Staat hatte uns alle fest im Griff.

Der gesamte Klassenverband organisierte sich zuerst bei den Jungen Pionieren, später bei der FDJ. Ich hätte mich vehement wehren können, doch das Regiment in unserer Schule wurde straff geführt. Ich wollte nicht der totale Außenseiter sein und zugegebenermaßen machten die meisten Unternehmungen, die in der Freizeit angeordnet waren, Spaß - nur das Politische war mir zu viel.

Mit zwei Freundinnen wagte ich einmal den Widerstand proben. Wir wollten nicht in die Gesellschaft für Deutsch-Sowjetische-Freundschaft eintreten. Das wurde uns so schnell ausgetrieben – wir hatten Sanktionen zu erwarten, die es uns einfach nicht wert waren. Immer als Störenfried aufgerufen und moralisch angeklagt zu werden, darauf hatten wir nach etlichen Gesprächen keine Lust mehr und fügten uns.

An meinem fünfzehnten Geburtstag, der immer in den Sommerferien lag, ermahnte mich mein Vater eindringlich, mich nicht zu verlieben, um das Übersiedlungsprojekt nicht zu gefährden. Mir war klar, was für eine Schmach es für ihn bedeuten würde, wenn dann doch alles umsonst gewesen wäre. Unterdessen hatte er verstärkt weitere Schritte von westdeutscher Seite eingeleitet. Mit einer Petition an das „Amt für Innerdeutsche Angelegenheiten" hatte er auf unseren langjährigen Fall der nicht stattgegebenen „Familienzusammenführung" aufmerksam gemacht.

Wie das Leben so spielt – Befehle kann man den Gefühlen nicht erteilen. Mit knapp sechszehn verliebte ich mich prompt und die Eltern mussten es zähneknirschend zur Kenntnis nehmen. Und es geschah - von Amts wegen - sowieso und wie immer - nichts!

Im Jahr darauf legte ich meine 10-Klassen-Abschlussprüfung mit der Note „gut" ab. Damit hatte ich formell erreicht, dass ich zwei weitere Jahre auf die Erweiterte Schule gehen konnte, um das Abitur abzulegen. Die Eltern redeten mir zu, das auch zu tun.

Kaum waren sie in diesem Sommer abgereist, wurde ich im August zum Rathaus bestellt. Mir wurde mit knappen Worten beschieden, dass ich als Person mit einem laufenden Ausreiseantrag nicht den höheren Bildungsweg antreten dürfe. Innerhalb von zwei Wochen bewarb ich mich daher für die Ausbildung zur Wirtschaftskauffrau und bekam eine Platz bei der Mitropa.

Meinem Freund, mit dem ich nun schon über ein Jahr zusammen war, erging es ähnlich. Seine Familie war schon immer fest verankert in der Evangelischen Kirche. Deshalb wurde ihm der weitere Schulbesuch auch nicht gewährt. Als wir uns im September verlobten, wussten wir, wie beschwerlich es sein würde, unsere Zukunft in diesem Land zu gestalten. Ich glaubte zu diesem Zeitpunkt nicht mehr daran, eine Wahl zu haben, und wollte bewusst einen Schlussstrich unter alle Eventualitäten ziehen und mich auf das Hier und Jetzt realistisch einstellen. Wir steckten uns in Polen erworbene Messingringe an und bekundeten somit, dass wir den Weg zusammen gehen wollten.

Der Lauf der Geschichte schrieb ein anderes Drehbuch! Die diplomatischen Beziehungen beider deutscher Staaten gipfelten im Entwurf des Grundvertrages, der tatsächlich im Herbst 1972 unterschrieben wurde. Darin erkannte die Bundesrepublik die DDR als eigenständigen Staat an. Im Gegenzug war verhandelt worden, dass ein bestimmtes Kontingent an Ausreise-Anträgen positiv beschieden werden sollte. Besonders Kinder durften nun zu ihren Eltern auswandern.

Wir hörten das zu Hause als Radionachricht. Keiner unserer kleinen Familie zweifelte daran, dass ich mit zu den Ausgesuchten gehören würde. Zu massiv hatte mein Vater über die Jahre stetig von Ost und West den Amtsverkehr betrieben und auch einem renommierten Rechtsanwalt in Berlin die gesammelten Unterlagen zukommen lassen.

Als wir die Nachricht hörten, erstarrten wir vor Schreck! Die Zeit schien mit einem Mal still zu stehen. Danach stürzte ich in eine in solche Aufregung, wie ich sie niemals zuvor erlebt hatte. Die Emotionen bordeten über und wir fielen uns mit Tränen in die Arme. Es waren keine Freudentränen – es waren Tränen, die lange gewartet hatten, fließen zu können. Die Tragik in der Familiengeschichte verschaffte sich Ausdruck. Wir versicherten uns damit auch unsere gegenseitige Liebe, unseren Zusammenhalt über all die Jahre als Familie, die Geborgenheit geschaffen hatte. Diesen Schmerz, der sich anfühlte, als würden wir auseinandergerissen, spürten wir so heftig! Beruhte er nicht auf dem

Anspruch von außen, der zwar berechtigt war, doch längst überholt? Wer wollte tatsächlich noch den Vollzug der sogenannten Zusammenführung? Ich war ein erwachsener Mensch im 18. Lebensjahr und liebte meinen Verlobten!

Die Großeltern hatten mich lebenslang behütet, doch immer auch den Eltern in den Entscheidungen zu meiner Person den Vortritt gelassen. Nie würden sie mich auch jetzt aufhalten wollen, so schwer, wie es ihnen fiel, das wusste ich.

Trennung von ihnen, Trennung von meinem Verlobten – emotional war das fast undenkbar. Und doch konnte ich es nicht fassen, was das Schicksal mir für eine einmalige Chance bereithielt: der Eiserne Vorhang würde sich für mich einen Spalt weit öffnen und ich könnte in eine andere Welt schlüpfen.

Diese Nacht schlief ich nicht. Allein von mir selbst hing meine Entscheidung ab – plötzlich hatte ich eine wirkliche Wahl zu treffen. Ich wägte die ganze Nacht und zitterte dem Morgen entgegen.

Als die Beamtin vom Rathaus erschien, musste ich mich entscheiden – und wie die Wahl auch ausfiel - nichts würde mehr sein wie zuvor!

Nachtspaziergang

Sommerferien in Preia. Mein Bruder Jupp und ich sind wieder in unserem Ferienhaus im wildromantischen Tal Valstrona im Piemont. Neben uns wohnt meine liebe alte Freundin Maria in ihrem uralten Haus aus Granitsteinen erbaut. Seit einigen Jahren logiert im Sommer für zwei Monate eine Familie aus Mailand dort, um der Hitze in der Ebene zu entfliehen. Ihre vier Töchter und ein Sohn, mein Bruder und ich langweilen uns so durch die Ferienwochen, denn in Preia ist absolut nichts los. Grillengezirpe, das Rauschen des Wildbachs Strona erfüllen die Luft, ab und zu durchdringen schläfriges Hundegebell und Kirchenglocken die Stille. So werden wir älteren Jugendliche Ferienfreunde und eine kleine Gemeinschaft.

Wir planschen im herrlich frischen Wasser der Strona, klettern über riesige Granitblöcke, die aus dem Wasser ragen und wie urzeitliche Schildkröten aussehen, oder wandern mehr oder weniger begeistert auf Nieder- und Hochalmen herum.

Kühe, Schafe, Ziegen glotzen uns an und sind unsere Weggefährten. Ab und zu raschelt eine Schlange im Gras und beobachtet uns mit glitzernden unergründlichen Augen. Wir gruseln uns und machen, dass wir wegkommen.

An einem lauen, dämmrigen Abend sitzen Jupp und ich mit den Geschwistern Sergio und Vittoria auf unserer Terrasse, stochern in einer Feuerpfanne herum, Funken stieben in den Nachthimmel, denen wir versonnen nachschauen.

Kräuterduft wabert durch das Tal, eine Fledermaus segelt lautlos über uns ins Dunkle, in der Ferne ruft ein Käuzchen. Wir beobachten andächtig den traumhaften Mondaufgang über dem Taleinschnitt. Plötzlich wird es irgendwie anders in unserem kleinen Kreis.

Mein Bruder Jupp schaut höchst interessiert Vittoria an, und ich verdrehe meine Augen zu Sergio, wie ich es schon so oft getan habe. Vittoria ist sechzehn Jahre alt, Sergio ist achtzehn Jahre alt. Beide schöne junge Italiener, schwarzhaarig, dunkeläugig, groß gewachsen. Innen bildet sich bei mir ein Knoten in der Herzgegend. Ich kann nichts anderes tun, als permanent auf Sergio starren. Wie peinlich! Er merkt es natürlich.

Es schmeichelt ihm, ich komme mir völlig blöde vor. Meine Finger winden sich umeinander, mein Mund wird trocken, mein Atem geht flach. Nur nichts merken lassen!

Zu spät, ich bin bereits verloren. Wenn Sergio mich anschaut mit seinen Glutaugen, versinkt alles.

Zu allem Überfluss schlägt mein Bruder einen Nachtspaziergang zwischen den beiden winzigen Dörfern Preia und Forno vor. Er und Vittoria gehen mit forschem Schritt voraus. Sergio und ich wandern hinter den beiden her. Sergio streift meine Schulter, hält ganz leicht meine Hand und zieht mich ein wenig zu sich heran. Es durchrieselt mich wohlig aufregend. Die Welt dreht sich. Die samtene Dunkelheit des Abends hüllt uns ein. Am Himmel hängt mittlerweile ein riesiger Vollmond honigfarben zwischen sanften Wolken. Und da geschieht es! Wir lassen Bruder und Schwester weiter vorgehen, bleiben stehen, ein paar Glühwürmchen taumeln um uns herum, mein Herz schlägt Kapriolen, Sergio nimmt mich plötzlich ganz fest in seinen Arm, und oh seliges Wunder, ein Kuss brennt auf meinen Lippen. Nach einem zauberhaften endlosen Moment lösen wir uns.

Fest an ihn gelehnt schaue ich über seine Schulter in den Vollmond und mache ihn zu meinem Verbündeten. Es darf nie anders werden, so sage ich es dem Mond. Und er verspricht es mir, verschwiegen lächelnd und abgeklärt.

Finger ineinander verhakt, mit gleichem Schritt, Köpfe aneinander gelehnt, verzaubert vom Augenblick, so gehen Sergio und ich weiter. Behutsam, zärtlich, mit überquellenden Gefühlen spazieren wir durch diesen monddurchtränkten wunderbaren Abend. Ich stolpere, er hält mich, ich versinke wieder und wieder in seinen Augen. Ein überwältigendes Gefühl breitet sich aus, ich bin verliebt!

Noch niemand in dieser Welt war so glücklich wie ich jetzt. Ein einziger Gedanke ist in mir, so soll es für immer bleiben! Da lächelte der honigfarbene weise Mond, er weiß es besser.

Nach der Theaterprobe

Carlo Goldonis, „Der Diener zweier Herren" sollte von unserer Theatergruppe, „Spielschar St. Pius", in Köln aufgeführt werden. Die Generalprobe lief sehr gut. Nach der Probe waren wir in bester Stimmung auf dem Weg zu unserer Stammkneipe. Wir freuten uns auf die Premiere und auf ein kühles Kölsch. So bummelten wir durch die laue Mainacht, lachend, leichtfüßig und äußerst gut gelaunt, lauthals Passagen aus dem „ Diener zweier Herren" rezitierend.

An einer Laterne blieben wir stehen, alberten herum, und da fragte einer aus unserer Gruppe: „Wer traut sich hochzuklettern und sie zu löschen?" Damals waren die Straßenlaternen nämlich Gaslaternen, die, wenn man an einem Hebel zog, ausgingen.

Wie so oft war ich wieder einmal als erste bei dem Ulk dabei.

Nach mehreren vergeblichen Versuchen, die Laterne zu entern, musste ich mir helfen lassen. Mit Gekicher und mehr oder weniger anzüglichen Bemerkungen wurde ich nach oben befördert. Dort zog ich theatralisch an dem Hebel, und die Laterne wurde duster. Unser fröhliches Gejohle verstummte jäh. „Was ist denn?" schrie ich von oben. Als Antwort hörte ich: „Na, da komme ich ja gerade richtig!"

Der Schreck fuhr mir gewaltig in die Glieder. Unten stand ein Schutzmann, ein Schupo, wie wir immer despektierlich sagten, der jede Nacht auf Streife ging. Neben ihm saß sein Revierhund, ein großer Schäferhund, der mich angriffslustig anfunkelte. Mir wurde schlecht. Der Schupo zog sein Notizbuch hervor, zückte einen Bleistift, den er noch anleckte, schaute vielsagend in die Runde und begann uns der Reihe nach aufzuschreiben. Ich saß immer noch oben, krallte mich an die Laterne und fing an zu zittern.

„Name, Beruf, Wohnung," raunzte der Schutzmann unten.

Na, das war's! Das konnte ja heiter werden! Ludwig, unser Regisseur, Studienrat – Hühnchen, Truffaldino, unser wunderbarer Diener zweier Herren, Geschäftsleitung bei Ford – Minz, Pandolfo, Kaufmann aus Venedig, ebenfalls Geschäftsleitung bei Ford – ich, Rosaura, seine Tochter, Lehrerin kurz nach der zweiten Prüfung und vor der Verbeamtung auf Lebenszeit – Willi, Amtsrat bei der Stadt Köln – Irmgard, Chefsekretärin – Heribert, Rektor an einer Schule... Der Schutzmann wirkte äußerst erstaunt, schüttelte den Kopf ungläubig und schrieb alle Angaben auf. Diese Prozedur dauerte endlos lange.

Ich rutschte mit Hilfe von meinem Laternenpfahl herunter, senkte den Kopf und rang innerlich meine Hände. Den Schutzmann wagte ich nicht anzuschauen.

Gedanken schossen durch meinen Kopf: Verbeamtung ade, wenn das meiner Schulbehörde mitgeteilt würde! Eine junge Lehrerin, Vorbild für Schulkinder mit solch einem skandalösen Verhalten, nicht ausdenkbar, unmöglich! Meine armen Eltern! Meine ganze berufliche Zukunft durch diesen Jux verbaut! Natürlich wieder einmal ich, immer dabei!

Es herrschte unheilvolle Stille. Dann wagte ich es doch, zum Hüter des Gesetzes zu blicken. O Wunder, er schmunzelte, steckte Bleistift und Block in seine Tasche, hielt uns eine ordentliche Standpauke über unser unmögliches Verhalten, dass wir so etwas nicht mehr tun sollten in unserem Alter und bei unseren Positionen! Wir nickten alle wie brave Kinder und zeigten Reue. In unseren Herzen war große Dankbarkeit für den unbürokratischen verständnisvollen Mann. Der Schutzmann in blauer Uniform, in Köln auch liebevoll „Blö" (von franz bleu-blau) genannt, pfiff seinem braven Rex und ging lächelnd weiter auf Streife. Vielleicht dachte er an seine eigene Jugend. Wir zogen ziemlich leise aber trotzdem vergnügt von dannen.

Vom Beckenrand zur Umkleidekabine

Mein Gewissen hat mich immer etwas geplagt. Und ich will auch gestehen warum.

Sehr jung absolvierte ich das Abitur in Köln. Mein größter Berufswunsch war, in den Polizeidienst zu treten, und zwar speziell bei Aufklärungen von Verbrechen jeglicher Art zu ermitteln. Das Herausfinden, warum, wieso, weshalb ein Mensch irgendetwas Schlimmes und Verwerfliches zu tun im Stande ist, faszinierte und interessierte mich brennend. Als Kind war ich immer neugierig! Der Lieblingsspruch meiner Mutter lautete damals schon: „Neugierde ist die Schwester der Intelligenz." Und ich wollte alles aufdecken und genau wissen. Diesen Berufszweig bei der Polizei fand ich außerordentlich spannend und aufregend. Damals aber war man erst mit einundzwanzig Jahren großjährig und ich war erst zarte achtzehn Jahre alt. Also bewegten mein Vater mit meiner lieben Mama und mir meinen für damalige Zeiten außergewöhnlichen Berufswunsch für eine junge Dame hin und her. Das Für und Wider wurde durchleuchtet und meine Eltern kamen überein: Nein, das Kind muss etwas Ordentliches studieren! Punkt. Sich ein Berufsleben lang mit Kriminellen abgeben, das ist doch nichts!

Als Lockung stellten sie mir in Aussicht: „Wenn Du dann ein Studium abgeschlossen hast, kannst Du ja immer noch die Kriminal-Laufbahn einschlagen."

Nun waren meine lieben Eltern beide Pädagogen. Also legten sie mir diesen Beruf wärmstens ans Herz. Die guten Gründe lagen auf der Hand: Lebenslange sichere Beamtenlaufbahn! Das Kind wäre versorgt! Das brave Kind wand sich innerlich wie ein Aal, aber ich war ja noch sehr jung, und so willigte ich zähneknirschend in das Pädagogikstudium an der Kölner Hochschule ein.

Meine Schulfreundin K. (die mir verboten hat, in dieser Geschichte ihren Namen zu nennen) und ich studierten alles, was notwendig war, halfen uns bei Referaten, waren in denselben Vorlesungen, besuchten dieselben Kurse, feierten feucht-fröhliche Feste, machten gemeinsame Astareisen, kurzum, es war eine schöne unbeschwerte Studentenzeit.

Es näherte sich aber nach sechs Semestern das Ende. Das Examen hing wie eine drohende Wolke über uns. Nachdem wir unsere Examensarbeiten abgeliefert hatten, mussten auch noch mündliche und praktische Prüfungen überstanden werden.

So stand die Sportprüfung im Müngersdorfer Stadion an, bei der jeder zu beweisen hatte, dass er schwimmen konnte, und außerdem war noch eine Handarbeitsmappe abzugeben, diese aber nur für Studentinnen. Und nun kam das große Dilemma auf uns zu. Ich war eine gute Sportlerin und Schwimmerin, aber leider waren meine handarbeitlichen Leistungen einfach miserabel und peinlich. Ich konnte es damals nicht und kann es bis heute nicht. Bei meiner Freundin war es genau umgekehrt. Ihre Handarbeiten waren wunderbar, sie meisterte all die schwierigen Dinge, die für die abzugebende Mappe nötig waren, wie Fersen und Spitzen an Socken stricken mit Bravour! Aber sie konnte damals nicht schwimmen und kann es bis heute nicht.

So beschlossen wir, uns gegenseitig zu helfen. Sie machte für mich die Handarbeitsmappe und ich wollte und musste für sie schwimmen. Die Handarbeitsmappe war sozusagen anonym, ich bekam eine gute Note. Aber die Schwimmprüfung für die Studentinnen vor den gestrengen Augen der Sportdozentin war schon sehr delikat, da an die Person gebunden, ja, geradezu gefährlich. Wenn wir bei unserem Rollentausch erwischt würden, war alles vorbei, zu Ende, aus! Lehrerin Ade!

Es führte aber kein Weg an diesem Doppelspiel vorbei. Versprochen war versprochen! Es musste irgendwie eine Lösung gefunden werden! Meine Freundin und ich waren gleich groß. Ich war eine sehr schlanke Person. Meine Freundin allerdings war gewichtiger. Wie konnten wir, besser gesagt ich, das Problem vor Ort lösen? Mein kriminalistischer Spürsinn half mir.

Nach dem Alphabet musste ich zuerst in die Schwimmprüfung, etwas später meine Freundin. Ich hatte mich also schnell nach meinem Vorschwimmen in eine andere Person zu verwandeln! Das übte ich ausführlich zu Hause. So stand ich mit meinem Badeanzug und einer einfachen enganliegenden Gummihaube am Beckenrand. In meiner Umkleidekabine deponierte ich vorher noch einen anderen Badeanzug und eine mit riesigen grässlichen Gummiblumen verzierte Badekappe.

Mein Name wurde aufgerufen, flugs sprang ich mit einem eleganten Hechtsprung vom Beckenrand, schwamm wie ein Fisch die geforderten zwei Bahnen, und stieg aus dem Wasser. Die Sportdozentin nickte mir wohlwollend zu, ich flitzte schnell in meine Umkleidekabine, riss meine Badesachen vom Leib, zog den viel weiteren Badeanzug an und stopfte ihn mit mitgebrachten Tüchern in Windeseile an den passenden Stellen aus. Die scheußliche Badehaube machte mich ziemlich unkenntlich. Ich rannte zurück und reihte mich, wieder ein zweites Mal, innerlich bebend, in die lange Schlange der Prüflinge ein. Der Name meiner Freundin ertönte. Nicht ganz so schnell ging ich an den Beckenrand, plumpste ungeschickt ins Wasser, das hoch aufspritzte, und zog ruhig die erforderlichen zwei Bahnen. Dann kletterte ich prustend aus dem Becken und ging an der Sportdozentin vorbei, die mich sehr versonnen ansah. Hatte ich ein winziges Lächeln in ihren Mundwinkeln entdeckt? Ich makste mit steifen Beinen und zitternden Knien in Richtung Umkleidekabine. Jeder Schritt fiel mir schwer und ich musste achtgeben, nicht über meine eigenen Füße zu stolpern. Unterwegs flehte ich alle Heiligen des Himmels an, speziell meinen Lieblingsheiligen, den Heiligen Antonius, es möge kein lautes schrilles „Halt" ertönen. Ich versprach sogar eine Wallfahrt zum Dom nach Altenberg! Bis zur Umkleidekabine blieb alles still, die Prüfung am Schwimmbecken ging weiter. Ich fiel fast in die Kabine. Erleichtert schrie in mir alles: Sie hat es nicht gemerkt, wir sind gerettet! Ich warf mich auf den Boden und strampelte mit den Beinen und konnte nicht aufhören zu lachen vor Glück, dass wir es geschafft hatten.

Es war Betrug! Das wussten wir damals beide, aber er ist längst verjährt! Dem Staat dienten wir über vierzig Jahre und waren den vielen Schulkindern freundlich zugetan. Wir ließen auch manchmal eine Fünf gerade sein, wohl wissend, dass uns das damals auch bei der Sportprüfung gerettet hatte.

Es sind viele Jahre ins Land gegangen und ich bin längst aus dem Schulbetrieb ausgeschieden, aber immer, wenn wir uns treffen, lachen und gackern wir über diesen Prüfungsschummel und haben überhaupt kein schlechtes Gewissen! Wir sind dankbar für das versonnene Lächeln der Sportdozentin, denn wir glauben fest, dass sie das geahnt hat, was damals zwischen Beckenrand und Umkleidekabine geschehen ist! – Die kleine Wallfahrt haben wir auch zu zweit gemacht, und damit das Versprechen an unsere himmlischen Helfer eingelöst.

Angekommen in der Ruhe

Wer aus dem Lärm
Wagt den Weg durch die Stille zu gehen
Diesen Weg zu finden
Ist Suchen und Wandern

Mein Herz nah an den Tränen
Nah am Lachen
Bleib, bleibe mir mein Fühlen
Und verlass mich nicht

Aber wer geht mit mir
Den Weg
Wer ist bei mir in der Stille
Wenn ich rufen könnte....
Allein in der Stille
Nicht einsam
Lass mich die Welt erleben
Im Atem leben
Jeden Atemzug ganz
Die Formen und Farben
Auch der Garten die Bäume und Halme
Sind draußen
Die Menschen -
Wie soll ich gehen und wohin
Auf der Suche nach Heimat
Und Wiedersehen

Glaab Corinna

LA FOLIA
Der lebenslänglich immer wieder wilde Weg

Den Wahnsinn tanzen
Durch Tiefsinn denken
Wahn tief springen
Lieder frei erfühlend singen
Fassen Hände sich dabei
Und Stimmen klingen
Läuten die Glocken
Und dann aus den Schuhen
Nur in Socken
Wege in die Ferne weit uns locken
Auf den Weg zu kommen
Wie vom Rausch benommen
Voll im Tanz die Glieder wiegen
Lasst sie kommen und die Sinne siegen
Hört ihrs fern?
Lauschen in dem Wahnsinn Höhn und Tiefen
Und in Träumen selig durch sie fliegen

Glaab *Corinna*

Unvergesslicher Grenzweg

Fall der Mauer, ein Wunder war geschehen, für die direkt Betroffenen ein tiefbewegendes, fast unglaubliches Wunder.

Unmittelbar, ganz nah hatten wir in Berlin den sogenannten Kalten Krieg erlebt, dieses feindliche Gegenüber, Gegeneinander von Ost und West, diese die Stadt teilende Grenze, die von der kommunistischen Regierung Ostberlins immer unüberwindbarer geplant und entsprechend ausgeführt wurde, schnitt dann auch alle verbindenden Ost-West-Wege und -Straßen ab. Ein Transit war völlig unmöglich geworden, als Folge gab es nur noch das Wagnis der Überwindung von überwachter Mauer oder der aufgetürmten Stacheldrahtzäune. Auch heimliche Tunnelbauten wurden genutzt. Viele Menschen verloren dabei ihr Leben, auf Flüchtende wurde geschossen. Die streng überwachten sog. Todesstreifen dienten ebenfalls einer großen Abschreckung.

So kam es zur Trennung von Familien, Freunden und Liebespaaren. Studien und Ausbildungen mussten abgebrochen werden. Auch beruflich standen viele vor dem Nichts, ihr Arbeitsplatz unerreichbar. Autobahn- und Bahnfahrten der Westberliner nach Westdeutschland, für Ostberliner eh nicht vorstellbar, waren mit scharfen Grenzkontrollen und auch Schikanen verbunden.

Dieser von der damaligen Deutschen Demokratischen Republik – kurz DDR – zu verantwortende Zustand all dieser Widrigkeiten, Leid und Tod, wurde von der Volkspolizei, den Vopos, überwacht und in die Praxis umgesetzt. Sie verkörperten quasi im Alltäglichen das System und wurden entsprechend von uns „Wessis", aber auch von vielen „Ossis", als Feinde erlebt.

Nach zwei Jahren völliger Abriegelung wurde es möglich,

mit einem zuvor beantragten Passierschein für einen eintägigen Aufenthalt die Grenze zu überschreiten, natürlich mit strengen Kontrollen durch die Volkspolizei. Im November 2014 in einer Sendung als „Expedition in eine andere Welt" bezeichnet.

Ich nützte diese neue Gelegenheit bald, um Verwandte von mir „drüben" zu besuchen. Man wusste nicht, wie die Grenzkontrollen ablaufen würden. Ein noch stressbeladener Ausflug mit dazugehörenden langen Wartezeiten – doch für mich auch verbunden mit viel Vorfreude auf ein Wiedersehen. Dann angelangt am Kontrollpunkt mit allen notwendigen Papieren und Personalausweis, jetzt war ich dran, endlich. Der Vopo hatte gerade meinen Ausweis in die Hand genommen und verglich nun das Passfoto korrekt mit meinem Gesicht einmal, zweimal, dreimal und immer wieder. Und dann haben wir uns beide angelächelt, und da waren wir plötzlich nichts weiter als ein junger Mann und eine junge Frau, der ganze Wahnsinn um uns herum einen Augenblick erloschen. Ein völlig unerwartetes, richtig schönes und friedliches Erlebnis war das. Gerade in dieser Situation, in der wir uns befanden, ist mir diese Begegnung unvergesslich geblieben.

Davongekommen

Im November 1941 wurde ich als Soldat nach Siegen in Westfalen (auf den Heideberg) eingezogen. Hier wurden alle neu Eingezogenen für den Kampfeinsatz an der Front vorbereitet. Nach einem halben Jahr brutalen und rücksichtslosen Drills hatten wir, nach Meinung der Ausbilder, die erforderliche körperliche Fitness und die notwendige psychische Robustheit, um im Kampf Mann gegen Mann bestehen zu können.

Im April 1942 erfolgte meine Abkommandierung zum Russlandeinsatz – zwanzig Jahre alt.

Auf dem Weg nach Stalingrad geriet unser Transport unter schwerem Beschuss russischer Jagdflieger. Bombensplitter fügten mir schwerwiegende Verletzungen zu. Für mehrere Tage stand es auf des Messers Schneide, ob ich überleben würde. In einem Lazarett in Prag, unter der Obhut von kompetent und entschlossen handelndem Pflegepersonal gelang die Wiedergenesung nach ungefähr vier Wochen. Noch reichlich geschwächt kam ich wieder zu meiner Ersatzeinheit nach Siegen in Westfalen.

Nach weiteren vier Wochen der Genesung wurde ich erfreulicherweise nach Frankreich als Besatzungssoldat abgestellt.

Wenn abends im Radio Lale Andersen mit dem Lied „Lili Marleen" zu hören war, wurde ringsum alles still, jeder dachte an seine Eltern, seine Frau, seine Kinder, Freunde und Bekannte, – an alle, von deren Anwesenheit er sich Trost und Geborgenheit erhoffte.

Am 6. Juni 1944 begann die Landung der Alliierten. Hunderte Flugzeuge der Amerikaner und Engländer warfen teppichartig ihre Bomben ab. Von unseren 10.000 Mann meiner 85. Infanteriedivision blieben nach sechs Wochen weniger als sechshundert Mann übrig. Alle anderen waren gefallen oder in Gefangenschaft geraten. Diese Hölle im Bombenkessel von Caen kann ich niemals vergessen.

Nun erfolgte der Rückzug über die Brücke von Remagen zum Ausbildungsplatz Wildflecken bei Fulda. Unser Generalleutnant Chill hatte die Akten der Division seinem Fahrer zur Aufbewahrung bei seiner Mutter in Wiedenbrück bei Paderborn übergeben. Ich erhielt den Befehl, diese Akten zu holen. Die Züge gingen unregelmäßig, aber ich kam doch in Wiedenbrück an. Die Mutter des Fahrers, der inzwischen vermisst war, gab mir etwas zu essen, ich konnte ein Bad nehmen und nach ewig langer Zeit wieder einmal in einem Bett schlafen. Am nächsten Tag aber ging kein Zug mehr. Per Anhalter konnte ich weiter kommen. Auf dem Rückweg zu meiner Einheit wollte ich zunächst nach Rückingen zu meinen Eltern, was auch gelang. Am 18. März 1945 kam ich dort an.

In dieser Nacht wurde das fünf Kilometer entfernte Hanau so stark bombardiert, dass mehrere tausend Menschen ums Leben kamen und fast die ganze Stadt in Schutt und Asche versank. In dieser Nacht saß ich in unserem Luftschutzraum. Mein Vater bedrängte mich, nach Lage der Dinge jetzt zu Hause zu bleiben, zumal die Amerikaner schon vor Frankfurt standen.

Das konnte ich nicht akzeptieren, weil ich ja den Befehl ausführen musste, die Akten der Division dem General zu übergeben.

Ich machte mich auf den Weg nach Wildflecken per Anhalter, weil nun auch hier kein Zug mehr fuhr. Angekommen, stand nur noch der letzte LKW meiner Einheit abfahrbereit, weil unsere Einheit inzwischen nach Berlin verlegt war. Mit vielen Unterbrechungen durch Bombenangriffe schafften wir die Ankunft am Karfreitag, dem 30. März 1945 in Berlin. Hier bildeten mehrere Fahnenjunkerschulen 18- und 19-jährige Abiturienten zu Offizieren aus. Unsere Einheit als kampferprobte sollte gemeinsam mit diesen Jungen, noch ohne praktische Ausbildung, die Amerikaner im Harz aufhalten, so der Plan. Mein General war über mein Erscheinen verwundert, er hatte nicht damit gerechnet, dass ich noch kommen würde!

Wir wurden als neue Division Scharnhorst zusammengestellt, ohne ausreichende Bewaffnung mussten wir jetzt den Kampf um Berlin aufnehmen. Weil die Russen schon bedenklich nahe gekommen waren, gingen wir in Deckung und versuchten deren Panzer mit Panzerfäusten auszuschalten. Unser Oberleutnant wurde beim Überqueren der Straße angeschossen und blieb liegen. Bei einer Feuerpause ging ich zu ihm, um ihn in den nächsten Hausflur zu bringen.

Dabei wurde auch ich durch ein Geschoss in die linke Hüfte verwundet, ich hatte Mühe, uns gemeinsam in den schützenden Hausflur zu retten. Erfreulicherweise kam ein Sanitäter und verband uns notdürftig. Das war am 20. April 1945, Hitlers Geburtstag! Für uns beide war es trotzdem schwierig, uns weiter zurückzuziehen, bis uns zwei Kameraden, so gut es ging, halfen, den Rückweg von Haus zu Haus zu schaffen. Weil ich unter Einsatz des eigenen Lebens einen Offizier gerettet hatte, wurde ich mit dem Eisernen Kreuz 2. Klasse ausgezeichnet.

Am 8. Mai 1945 mussten wir der russischen Übermacht weichen. Bei Tangermünde konnte ich mittels Schlauchboot die Elbe überqueren, um zu den Amerikanern zu gelangen. Hier wurden wir auf einem großen Gelände versammelt. Es waren dann 25.000 Kriegsgefangene, die auf dem freien Ackerboden, also auf Sand, liegen mussten. Nach vier Tagen erhielten wir das erste Essen, nämlich für je drei Mann einen Knäuel rohes fettreiches Schweinefleisch. Das kochten wir in unseren Kochgeschirren mit Wasser aus der Elbe ab und aßen es mit großem Hunger.

Die meisten von uns bekamen Durchfall. Es war kein Papier oder Gras vorhanden, womit wir uns hätten reinigen können, und verlaust waren wir sowieso. Eine Katastrophe!

Nach zwei oder drei Wochen mussten wir antreten, zehn Mann vorwärts und zehn Mann seitwärts – das ergab eine Hundertschaft. Die Amis drohten: „Sollte sich der eine oder andere entfernen, wird er erschossen." Zwei Mann aus meiner Gruppe versuchten zu flüchten. Sie wurden von hinten erschossen.

Dann die Überraschung: Wir gelangten an das Elbeufer, wurden auf ein dort liegendes Schiff getrieben und den Russen am anderen Ufer ausgeliefert.

So kam ich doch noch in russische Gefangenschaft. Hier bekam ich die Ruhrerkrankung mit ständigem Durchfall. Wir lagen in Holzhütten auf blankem Boden. Die Verpflegung bestand täglich aus einem Becher dünner Suppe und einem Stück trockenem Russenbrot. Täglich starben drei- bis vierhundert Kameraden, die wir in Massengräbern beerdigen mussten. Und fast alle hatten ständig Durchfall. Es war grausig. In unserem Lager bei Brandenburg mussten wir Maschinen der Aratowerke, hier wurden einst Flugzeuge gebaut, abmontieren und an die Bahngleise bringen zum Transport nach Russland als Reparationsleistung.

Eines Tages teilten uns Stabsärzte, selbst Gefangene wie wir, alle nach einer Untersuchung in Arbeitsgruppen ein:

Arbeitsgruppe 1 gleich Schwerstarbeiter

Arbeitsgruppe 2 gleich Schwerarbeiter

Arbeitsgruppe 3 gleich Leichtarbeiter

Arbeitsgruppe ‚OK‘ gleich Arbeiter ohne Kraft.

Ich war in Arbeitsgruppe 2, also Schwerarbeiter eingeteilt worden.

Anfang August 1945 erschien ein russischer General im Lager, der die Arbeitsgruppen zur Kohlenförderung im Uralgebirge zusammenstellte.

Meine Ruhrerkrankung hatte dazu geführt, dass ich von 72 kg bis auf 48 kg abgemagert war. Ich war total kraftlos und fasste den Mut, den General anzusprechen. Ein Dolmetscher übersetzte. Ich sagte: „Ich bin eingeteilt für Arbeitsgruppe 2, habe aber keine Kraft." Der General forderte mich daraufhin auf, die Hose herunter zu lassen und zwickte mich am Hintern. Weil er nur Haut und Knochen zu fassen bekam, sagte er zu mir: „Heimat".

Der streng blickende Russe mochte sich gedacht haben, dieses menschliche Wrack wird die nächsten vier Wochen ohnehin nicht überleben, zu keinerlei Anstrengung in der Lage, beschäftigt er nur unsere Lagerverwaltung und muss am Ende noch als Leiche aus dem Lager geschafft und unter die Erde gebracht werden. Sicher kein großer Aufwand, aber doch einer, den man auch vermeiden kann. Besser ist es, dieser Deutsche schafft sich und seinen kadavergleichen Leib eigenhändig zurück ins nicht mehr vorhandene Reich – zu seinen Angehörigen, damit die sich sorgten und um ein ordentliches Begräbnis kümmerten.

Mir konnten die Überlegungen dieses Mannes egal sein und waren es auch. Ich konnte gehen – das zählte!

Verlaust und verdreckt kam ich bei meinen Eltern an, die mich säuberten und pflegten. So fand ich wieder zu einem normalen Leben zurück. Von den Kameraden, die ins Uralgebirge transportiert wurden, habe ich nie wieder etwas gehört.

Hübner Wilhelm

Von zu Hause weg – wieder zurück

In unserem Lebensmittelgeschäft stand meine Mutter im Mittelpunkt, sie kannte alle Kunden und hatte ein gutes Verhältnis zu ihnen. Nach meiner Heirat kam meine Frau als mithelfende Bedienung dazu. Das machte ihr große Freude. Im Laufe der Zeit wollten sich häufig einige Kunden nur von ihr bedienen lassen. Und dies schmerzte meine Mutter offenbar. Dadurch entstanden Spannungen zwischen beiden Frauen. Wenn ich meiner Mutter sagte: „Sei doch ein bisschen netter zu meiner Frau", antwortete sie: „Ja, du bist ja abhängig von ihr." Wenn ich meine Frau aufforderte: „Sei doch ein bisschen netter zu meiner Mutter", kam die Antwort, ich sei ein „Muttersöhnchen".

Weil die Spannungen zwischen ihnen immer stärker wurden, verließ ich mein Elternhaus, um eine Stelle als Filialenrevisor bei Kaisers-Kaffeegeschäft mit Sitz in Viersen/Rheinland anzutreten. Meine Ausbildung hierzu erfolgte in Köln und Siegmaringen. Danach sollte ich ein Revier in München übernehmen. Als kaufmännischer Angestellter kam ich aus dem kleinen hessischen Dorf Rückingen Kreis Hanau mit etwa 1.500 Einwohnern in die große Metropole München in Bayern. Mir wurde ein Revier mit 16 Verkaufsstellen und 120 Verkäuferinnen anvertraut. Dies war eine vollkommen neue und bestimmt keine leichte Aufgabe. Das wichtigste Ziel : Umsatzsteigerung. In München hatte Kaiser insgesamt 31 Filialen. Mein Kollege Heinzel war schon länger hier und betreute 15 Filialen.

In der betriebsamen Stadt sah ich viele Bayern in ihren Lederhosen an jeder Ecke beim Verzehr von warmer Fleischwurst oder Leberkäse stehen. Das ermunterte mich zum Vorschlag bei der Geschäftsleitung, auch in unseren Filialen Wurstwaren anzubieten. Eigentlich verkauften wir nur Kaffee, Süßwaren und Nährmittel.

In der Verkaufssitzung wurde mein Vorschlag nur belächelt und fand keine Zustimmung. Aber nach zwei Monaten wurde ich in die Zentrale nach Viersen eingeladen, um dem Generalbevollmächtigten meine Ideen vorzutragen. Er erteilte mir den Auftrag, diesen Vorschlag zu testen. Dieser Test war aus Platzgründen nur in neun meiner sechzehn Filialen möglich, auch wegen der Installation von Kühltheken.

Ich suchte einen Metzger, der Qualitätsware herstellte, und begann mit dem Test. Drei Wurstsorten kalkulierte ich als Sonderangebot mit einem Aufschlag von nur 7 %. Das waren 4 % für Umsatzsteuer und 3 % für den Kundenrabatt, den wir allen Kunden auf ihre Einkäufe gewährten. Jede Verkäuferin hatte den Auftrag, jedem Kunden mindestens eine oder zwei der Wurstsorten zum Vorzugspreis anzubieten. Der Erfolg war umwerfend.

Mein Bezirk hatte nach kurzer Zeit die besten Verkaufsergebnisse. Nach und nach wurden weitere Filialen aus- und umgebaut, drei sogar vergrössert.

Unsere größte Konkurrenz war die Firma Tengelmann, die aber auch Obst und Gemüse in ihrem Sortiment anbot.

Nach langwierigen Verhandlungen mit unserer Geschäftsleitung erhielt ich die Genehmigung, auch Obst und Gemüse testweise in bestimmten Filialen anzubieten. Meine Verhandlungen in der Großmarkthalle führten zu vorteilhaften Einkaufsmöglichkeiten. Die neuen Verkaufsergebnisse nach dem Angebot von Obst und Gemüse waren so gravierend, dass die Einführung von Wurstwaren, Obst und Gemüse deutschlandweit in vielen unserer 1.500 Filialen, wo es raummäßig möglich war, durchgeführt wurde. Als Anerkennung erhielt ich 500 Mark Prämie und die Aussicht auf Beförderung zum Oberrevisor.

In der Zwischenzeit wurde ich in den Prüfungsausschuss

der Industrie- und Handelskammer München berufen. Das war eine sehr interessante Aufgabe, die ich zusätzlich zu erfüllen hatte. Hier konnte ich bei den Prüfungen manchem aufgeregten Lehrling helfen, die richtige Antwort zu geben.

Im Februar 1955 rief mich mein Vater an und teilte mir mit, dass meine Mutter an Krebs erkrankt sei. Deshalb erwarte er, dass ich wieder nach Hause komme. Der Zustand meiner Mutter machte mir große Sorgen; ich empfand tiefes Mitleid. Andererseits hatte ich wenig Lust, in das Geschäft meiner Eltern zurückzukehren, – mein beruflicher Aufstieg war gerade so richtig in Fahrt gekommen und würde nun jäh beendet werden. Auch meine Frau war gegen eine Rückkehr und gab mir deutlich zu verstehen, dass es letztlich meine Mutter gewesen sei, derentwegen wir vor vielen Jahren nicht ganz freiwillig mein Elternhaus verlassen hätten. Und jetzt sei es wiederum meine Mutter, die mich zur Aufgabe einer vielversprechenden Karriere nötigte. Ich konnte meine Frau gut verstehen, dachte ja ähnlich.

Hin und hergerissen zwischen Karrierewunsch und einem starken Pflichtbewusstsein, meinen Eltern in der Not beistehen zu müssen, zwischen der Liebe zu meiner Frau und der Loyalität zu meinen Eltern, suchte ich nach einer Einigung in gegenseitigem Einvernehmen. Nach ausführlichen Gesprächen mit Mutter und Vater bot ich an, ihren Einzelhandelsladen unter der Bedingung zu übernehmen, dass ich ihn allein weiterführe ohne jegliche Mithilfe oder Einmischung ihrerseits. Sie stimmten zu.

Ich kündigte mein Arbeitsverhältnis bei Kaisers-Kaffeegeschäft zum 31. März 1955 und beendete damit mein berufliches Weiterkommen.

Langhammer Eve-Marie

Begegnungen am Ufer

Meine Kindheit verlebte ich in Ostwald, einem kleinen Bauerndorf nahe der Stadt Strasbourg im Elsass, dort kam ich an einem heißen Augusttag des Jahres 1932 zur Welt.

Im Zentrum des Ortes erinnern windschief gebaute Fachwerkhäuser an das frühe Mittelalter. Vor den winzigen Fenstern und auf den Höfen in Kästen oder Schalen gepflanzt, wachsen Geranien in üppiger Blütenpracht und vielen Farbschattierungen. Bescheidene Bauernhöfe siedelten sich nach und nach an und ergänzten die von Landwirtschaft geprägte Ortschaft.

Die Ill, nahe der Stadt Strasbourg, ist hier bei unserem Dorf schon ein breiter Fluss mit einer gefährlichen Strömung, sie entspringt im Jura nahe der Schweizer Grenze. Sie durchfließt die zentralen Bereiche des Elsass im Osten. Während sie im Westen zwischen dem Rhein und den Vogesen ihren weiteren Weg findet. Unterhalb von Strasbourg spalten sich auf kürzerer Strecke gleich Nebenarme ab, wobei zwei Ostwald durchfließen. Zwischen den Seitenarmen und dem Fluss entstanden dann Inseln.

Selbst mit einem Schloss konnte die Gegend um den Ort aufwarten, das aber nur eine kurze Lebensdauer von zwanzig Jahren hatte, so dass die alten Mauerreste in dichter Wildnis erstickten. Es schlief seinen Dornröschenschlaf bis ins 20. Jahrhundert.

Durch Umbau und Renovierung erhielt es seinen alten Glanz als Schlosshotel wieder und wurde zum Chateau de I´lle. Malerisch liegt es an einem der Illarme, die heute noch mit dem eigentlichen Fluss eine Insel bilden.

Unterhalb des Ortes wohnten wir in einem hässlichen Mietshaus an der Hauptstraße und so musste ich diese langweilige Straße entlang extra eineinhalb Kilometer zur Schule laufen.

Nach dem Schulunterricht wollte ich nicht mehr die langgezogene Straße nach Hause nehmen, sondern wählte meinen Lieblingsweg am Ufer der Ill.

Die zweite Insel mit einer riesigen Grünfläche, vom Volksmund Fischerinsel genannt, zugängig durch eine etwas wackelige Holzbrücke, gehörte sonntags den Dorfbewohnern. Da konnten die Kinder toben und bekamen eine Limonade oder ein kleines Eis beim Fischerwirt. Die Männer tranken ihr Bier oder äußerten ihren Unmut, wenn im Dorf etwas nicht Alltägliches geschah, diskutierten über Viehpreise und so manch nützliche und unnütze Dinge. Am Wasserlauf angelten die Fischer. Den sonntäglichen Gugelhupf brachten die Frauen mit, während sich auf ausgebreiteten Decken hungrige Leckermäulchen niederließen, um diese Spezialität genießen zu können.

In einer kleinen Bucht lag der Waschplatz der Frauen. Starke Pfosten, auf dem Grund des Gewässers befestigt, trugen Holzbohlen aneinander gereiht: Badestegen ähnlich. In Wogen von Seifenschaum bürsteten die Waschfrauen auf Knien ihre Wäschestücke, um sie anschließend im Fluss auszuspülen. Gegenseitig halfen sich die fleißigen Wäscherinnen beim Auswringen besonders großer Teile. Es ging oft sehr lustig zu und sicherlich blühte auch der Dorfklatsch.

Nachmittags an heißen Sommertagen gehörte der Waschplatz den Kindern. Schwimmen im Fluss war verboten, die älteren Jungen versuchten es trotzdem, durchbrachen das Verbot und übten heimlich. Aufsicht führten immer zwei oder drei Mütter, diese behielten besonders die Kleinen im Auge.

Weiter bummelte ich auf meinem Weg. Rechts wuchs hohes Schilf auf sumpfigem Boden, umspült vom Wasser der Ill. Wildenten und Wasserhühner zogen gemächlich ihre Bahnen. Im hellen Sonnenschein schwirrten Libellen; ihre zarten Flügel spiegelten sich im Licht der Sonne. Links zogen sich Bauerngärten bis fast hinunter zum Wasser. Sie gehörten zum jeweiligen Gehöft. Nur wenige waren eingezäunt oder mit einem maroden Lattenzaun versehen und zeigten die Grenze des dazugehörigen Grundstücks an. Hier blühte ein bunter Sommerflor, von Bäuerinnen liebevoll gesät und gepflanzt. Ich staunte über Sonnenblumen, weiße und rosa Margriten, Rittersporn in Blau- und Weißschattierungen, lila und rosa Akelei. Die gelben Ringelblumen machten sich zwischen Salat und Krautköpfen breit. Beerensträucher wie Himbeeren, Johannisbeeren und Stachelbeeren schufen am Rand eine gewisse Ordnung. Zuweilen wuchs Wein, hochgezogen an gefertigten Holzgestellen. Eine reiche Auswahl an Kräutern fand sich in jedem Garten. Hausenten watschelten zwischen Gemüse und Blumen herum; besonders die gefräßigen Schnecken und allerlei Ungeziefer gehörten zu ihrer Mahlzeit. Kam aber eine schnatternde Gänseschar daher, bekam ich es doch mit der Angst zu tun.

Im Schilf verborgen hatte so mancher Fischer seinen Stammplatz. Mit viel Ausdauer warf er seine Angel, die gefangene Beute befand sich in einem großen wassergefüllten Behälter. Irgendwie glichen sich die elsässischen Männer mit hochgekrempelten Hemdsärmeln, breiten Hosenträgern und als Kopfbedeckung das Beret, eine Baskenmütze. Sie fühlten sich am Wasser heimisch. Der Angelsport hatte hier sein Zuhause.

Was mich aber im hohen Schilf geradezu faszinierte, waren goldgelbblühende Wasserlilien.

So beschloss ich, einige dieser schönen Blüten für meine Mutter mitzunehmen, die bestimmt schon voll Sorge auf mich wartete. Vergessen habe ich nie, wie ich plötzlich fast bis zu den Knien im Wasser stand und Angst bekam, weil ich schon meinte die Strömung zu spüren. Trotzdem musste ich noch eine letzte Blüte pflücken. So ging ich

90

fröhlich mit den herrlichen Irisblüten im Arm den Weg weiter und brachte meiner Mutter zur Begrüßung den unter Gefahr gepflückten Strauß.

Noch jetzt, wenn ich die alte Heimat besuche, gehe ich in Gedanken meinen wunderschönen Uferweg.

Langhammer *Eve-Marie*

Palmsonntag in der Toskana

Eine meiner erlebnisreichsten Studienreisen führte mich in eine der schönsten Regionen von Italien – in die Toskana.

Heute, an einem sonnigen Palmsonntagmorgen, ist die Reisegruppe unterwegs auf der italienischen Weinstraße nach Montalcino. Vorbei fährt unser Bus an offenem, sanftem Hügelland, baumlosen Weideflächen von Weinanbau und Oliven. Entlang der Straße wechseln sich silberschimmernde Ölbaumfelder mit Zypressen ab. Unter uralten, knorrigen Olivenbäumen blüht in Mengen der rote Klatschmohn. Schwertlilien wachsen als heller Farbfleck im satten Grün. Rosafarbene und rote kleine Rosenbüsche ergänzen dieses Naturbild. Auf den Anhöhen, umgeben von Zypressen, die Weingüter mit ihren herrschaftlichen, prachtvollen Wohnbauten, während im Tal die ärmere Bevölkerung in engen, winzigen und zum Teil auch sehr baufälligen Hütten lebt.

Unser Ziel aber liegt seitwärts der Straße, es ist die uralte Benediktiner Abtei San Antimo inmitten von Olivenhainen. Die Basilika ist eins der eindrucksvollsten Zeugnisse romanischer Baukunst. Zwei Portale aus dem neunten Jahrhundert tragen geometrische Figuren und Fabeltiere aus Alabaster. Im Innenraum dieses Gotteshauses hörten wir in tiefer Ergriffenheit den Erklärungen eines Bruders zu. Hier residierte im fünfzehnten Jahrhundert der Bischof von Montalcino; sogar einige Päpste zählten zu den Besuchern. Nach geraumer Zeit bat uns einer der Brüder die Kirche zu verlassen. Bald sollte die Palmsonntagsmesse beginnen. Die mächtigen Hauptportale wurden nun geschlossen.

Schon als wir ankamen fiel mir auf, dass draußen auf dem Klostergelände drei einfache Tische standen, über und über mit kleinen Olivenzweigen bedeckt. Auf dem breiten Zugang zur Basilika lag ebenfalls dicht an dicht dieses Grün. Nach und nach versammelten sich Einheimische und Besucher. Während der greise Prior die Zweige weihte, begann die Liturgie zu diesem Gottesdienst. Jeder der Kirchgänger nahm sich während der Zeremonie einen Olivenzweig. Des alten Priors lateinisch gesprochene Gebete beantworteten aus dem Inneren des Kirchraumes die Mönche mit gregorianischen Gesängen. Stimmgewaltige Gebettexte der Anwesenden setzten die Liturgie fort.

Während um mich die Gläubigen den Zugang zum Gotteshaus nahmen, war das Bild von Jesus Einzug nach Jerusalem in mir gegenwärtig. Ich sah mich mit einer jubelnden Menschenmenge laut Hosianna rufend, Palmenzweige auf seinen Weg ausbreitend, dem Herrn in die hochgelobte Stadt nachfolgend.

Sein triumphaler Einzug, den ich begleitete, endete im Hofe des Pilatus. Die Jubelrufe des Volkes verwandelten sich in wüstes Geschrei. Es forderte vom Stadthalter den Tod Jesu am Kreuz. Ich hörte wie es hasserfüllt schrie: „Kreuzige, kreuzige ihn“, denn er sagte: „Ich bin der Juden König“! So gab Pilatus nach und überantwortete ihn seinen Häschern, worauf der dornige Weg nach Golgatha begann und ihm den qualvollen Tod am Kreuz brachte.

Als sich dann die mächtigen Portale der Basilika öffneten und die Gläubigen in die von Kerzenlicht und Weyrauch erfüllte Kirche einzogen, der Gesang der Mönche den Kuppelraum füllten, Gebettexte gesprochen wurden und der alte Prior laut sein Amen sang, gehörte ich wieder vollends zur Gemeinde, die sich an diesem Palmsonntag aufgemacht hatte um den Leidensweg des Gottessohnes in der Karwoche bis hin zur Auferstehung am Ostermorgen aufs Neue nachzugehen!

Langhammer *Eve-Marie*

Im Laufe der Jahreszeiten

Am Rande unserer Stadt findet man sie - die Schrebergärten. Es sind zum Teil recht umfangreiche Anlagen. Aufgeteilt in Parzellen, werden sie durch einen eingetragenen Gartenbauverein an Hobbygärtner vergeben.

Interessierte haben hier die Möglichkeit, ein Stück Land zu pachten. Jedem Pächter ist freie Hand gegeben, das zugewiesene Terrain nach seiner Vorstellung zu bearbeiten. Trotzdem muss er sich an die Verordnungen und Maßnahmen innerhalb des Vereins halten. So entstanden auf unserer Anlage im Laufe der Zeit sehr schön angelegte Gärten.

Wir, mein Mann und ich, konnten uns über ein dreihundert Quadratmeter großes Stück Gartenland freuen. Mit Überlegung teilten wir die Beete ein, sodass genügend Rasenfläche und Blumenrabatten entstehen konnten. Weiter sollte für die Beerensträucher ein Platz sein. Eine Himbeerhecke bestimmte die Grenze zum Nachbarn. Nach und nach planten wir weiter. Doch zunächst hieß es, die Ärmel hochzukrempeln und anzufangen.

Was gab es alles zu bedenken! Den Einkauf der Gartengeräte, die Randeinfassungen und Wegplatten sowie das Holz zum Bau eines Materialschuppens. Auch das vom Vorgänger gemauerte Gartenhäuschen bedurfte einer umfassenden Renovierung. Gern schauten wir bei den Nachbarn zu einem Schwätzchen über den Zaun. Gute Ratschläge wurden ausgetauscht! So kamen Fragen wie „Welchen Dünger benötigt der Rasen?" „Was kann man gegen Rosenrost tun?" oder „Wie bekämpft man Wühlmäuse?"

Vor allem aber, nirgends besser als in einem Garten ist der Lauf der Jahreszeiten zu beobachten und mitzuerleben!

In schneearmer Zeit zeigt sich der Garten grau und düster. Unter einer winterlich warmen Schneedecke aber regen sich schon der gelbe Winterling und die zarten Schneeglöckchen. Christrosen leuchten mit ihren weißen Blüten in der Wintersonne. Die Zaubernuss wagt es, sogar bei starkem Frost ihre blassrosa Blüten zu zeigen. Der Winterjasmin lässt nun nicht mehr lange auf sich warten, oft wird er mit den gelben Forsythien verwechselt, die erst Wochen später blühen werden.

Wir sind voller Erwartung, wie sich der Frühling weiterhin zeigt. Und so staunen wir über Krokusse in ihren zauberhaften, bunten Farben. Blaue Märzbecher, Tulpen in vielen Farbvariationen, gelbe und weiße Narzissen, sie alle wachsen dem Licht der Sonne entgegen. Stiefmütterchen grüßen vom Rand der Beete. Die Apfelbäume öffnen ihre wunderschönen weiß-rosa Blüten. Schüttelt der Wind ihre Zweige, regnet es Blütenschnee. Von der höchsten Spitze des Baumes flötet die Amsel ihr Lied. Es ist Frühling geworden!

Nun heißt es, Hacke und Rechen einzusetzen, den Mutterboden zu lockern, sodass Salat und Frühgemüse gedeihen können. Für diese doch recht anstrengenden Arbeiten ist mein Mann verantwortlich. Meine Aufgabe ist es, die einjährigen Blumen auszusäen. Auch die Beeren bedürfen einer intensiven Pflege, um eine gute Ernte zu erzielen. Immer wieder ist das Jäten unumgänglich. So geht der Frühling allmählich in den Sommer über.

Jetzt wachsen neben dem Beerenobst auch Salat und Gemüse. Auf die Wege ranken weiße Margeriten herüber. In farbenprächtiger Schönheit blüht Phlox, Rittersporn zeigt sich in verschiedenen Blautönen, gelbe Sonnensternchen, rote und rosa Pfingstrosen und die helllilafarbene Prachtscharte ergänzen den sommerlichen Blumenflor. Saftige, rote Früchte leuchten aus dem Erdbeerbeet, gleichzeitig reifen die schmackhaften Himbeeren, während sich die Johannisbeeren noch Zeit lassen. Eine blühende Gänseblümchenwiese, in der sich auch der Löwenzahn wohlfühlt, ist unser Rasenschmuckstück. Auf der Bank unter dem Apfelbaum lege ich zuweilen eine Ruhepause ein, träume in den wolkenlosen blauen Himmel und höre dem Gezwitscher der Vögel zu. Das ist meine Welt! Dagegen entspannt sich mein Mann im Liegestuhl mit der Lektüre seiner Zeitung.

In regenarmer Zeit ist das Gießen einer der wichtigsten Aufgaben.

Langsam neigt sich der Sommer, der Herbst kündigt sich an, die Tage werden kürzer. Die Zinnien neigen ihre Köpfchen, nach und nach welken alle Blumen, Rosenblätter säumen den Weg. Ein wenig traurig fällt unser Blick auf das Vergehende. Die Kartoffelernte ist eingebracht.

Im Oktober reifen die Äpfel. Täglich pflücken wir golden gewachsene, saftig schmeckende Früchte, ehe Regen und Wind die Bäume schütteln, dass die Blätter nur so wirbeln. Bis zum letzten Blatt ist der Einsatz des Fächerbesens erforderlich. Mit Tannengrün, Erde und Laub bekommen empfindliche Pflanzen ihren Winterschutz.

Inzwischen ist es nass und kalt geworden. Letzte Aufräumarbeiten sind abgeschlossen. Unser Vogelhäuschen hängt schon im Baum und wartet in der kalten Jahreszeit auf seine Gäste. Die Ruhezeit bricht an. Wir schließen unser Gartentörchen. In der Gewissheit, dass nichts unter der Erde stirbt, erwarten wir wieder den Zauber der Natur in einem neuen Frühling.

Marischen *Werner*

Busfahrt nach Bethlehem

„Stell Dir vor, wir können uns auf dem Flachdach eines vierstöckigen Schulgebäudes einrichten – hier ganz in der Nähe!" Heinz hatte einen Pater in Mönchstracht angesprochen, ihm unser Problem und Anliegen geschildert und auch nicht unerwähnt gelassen, über all unsere Begegnungen mit Einheimischen wie Nichteinheimischen ausführlich in Presseartikeln zu berichten. Aber eines derartigen Erpressungsversuchs hätte es wohl gar nicht bedurft. Es stellte sich nämlich heraus, dass der Angesprochene ein deutscher Pater, ein Angehöriger des Franziskaner-Ordens war, dem die Verwaltung dieser Schule für arabische Mädchen oblag, eines Lyzeums, welches Ende des 19. Jahrhunderts der deutsche Pater Wilhelm Schmidt in Jerusalem gegründet hatte. Wir könnten auf dem Dach des Internatsgebäudes dieser Schule kampieren, kommen und gehen, wann wir wollten, und so lange bleiben, wie noch Ferien seien, denn die Sommermonate waren zugleich auch Ferienmonate und wohl nur deshalb wurde uns der Aufenthalt gestattet. Das Gebäude stand in unmittelbarer Nähe der Altstadt, schräg gegenüber dem Damaskus-Tor. Besser hätten wir es nicht treffen können!

Das unerwartete Glück bescherte Euphorie, machte gute Laune und hungrig. Hoch oben auf dem Dach, die halbhohe, den Dachbereich eingrenzende Mauer im Rücken, eine angenehme Brise auf der heißen Haut, aßen wir Ölsardinen aus einer Dose, die uns schon von Anfang an begleitet und sich in der Hitze Ägyptens bedenklich gerundet hatte. Das Haltbarkeitsdatum beruhigte jedoch – noch für mehr als zwei Jahre wurde die Unbedenklichkeit ihres Inhalts zugesichert. Dazu gab es Weintrauben, die vor dem Internatsgebäude in großen Mengen auf

wackeligen Verkaufsständen angeboten wurden und die der Straßenstaub schon mit einer fahl schimmernden Patina versehen
hatte. Eine etwas ominöse Kreation, die sich wohl auf keiner
Speisekarte dieser Welt findet, aber wir entdeckten geschmacklich
nichts Abträgliches, wurden satt und waren zufrieden.

Mit der Zufriedenheit kehrten auch Lust und Wille zurück,
unseren Traum Rund ums Mittelmeer mit neuem Elan und mehr
Entschlossenheit anzugehen, und so entstand die Idee, noch
heute, spät am Nachmittag, nach Bethlehem zu fahren, die Ge-
burtsgrotte Jesu aufzusuchen und als realisierte Zielvorgabe ab-
zuhaken.

Nicht weit entfernt vom Internatsgebäude befand sich eine
Bushaltestelle, von der auch Betlehem angefahren wurde. Dicht-
gedrängt in einem Pulk geduldig ausharrender Mitfahrer standen
wir in dem heftig röhrenden Gefährt, nicht weit von den Aus-
stiegstüren entfernt.

Noch bevor wir einstiegen, hätte mich ein Rumoren in der
Bauchhöhle warnen müssen. Ich wäre besser auf dem Dach des
Internatsgebäudes bei lauem Wind und bester Gesundheit ge-
blieben.

Die holperige Wegstrecke, die überforderten Stoßdämpfer
und der sorglose Fahrstil des gutmütig dreinblickenden Busfah-
rers taten ein Übriges. Ich ahnte es, mein Magen probte den Aufstand, noch ganz leise, aber schon deutlich spürbar. Nach
wenigen Minuten Fahrt wurde das Unbehagen konkret und ließ
Schlimmes befürchten. Der Bus würde vielleicht noch eine halbe
Stunde benötigen, rechnete ich mir aus. Bis dahin musst du aus-
halten. Dann flüchtest du dich in eine verborgene Ecke und wirst
den Aufruhr deiner Eingeweide still und unbeobachtet ertragen —
auf welche Weise auch immer. Aber noch waren wir nicht am
Ziel. Ganz im Gegenteil, ich saß mit fünfzig weiteren Mitfahrern
in einem arg schaukelnden Gefährt und überlegte, was geschehe,

wenn ich die Herrschaft über ein nicht beherrschbares Verdauungssystem verlöre. Nicht auszudenken!

Sollte ich Heinz bitten, er möge den Fahrer nötigen, anzuhalten, um uns raus zu lassen? Und was dann? In der bald einsetzenden Dunkelheit mit einem auf dramatische Weise mit sich selbst beschäftigten Körper zurücktrotten? Eine Blamage zweifellos. Aber noch mehr wollte ich das Eingeständnis vermeiden, der Spielverderber zu sein, eine Schwäche zugeben zu müssen, die zur Streichung eines als unverzichtbar deklarierten Besuchszieles führen könnte.

Ich versuchte mich abzulenken: dachte an den Abend in der Jugendherberge Venedigs, die als Kontaktbörse liebessüchtiger Bräute, vor allem aus Nordeuropa missbraucht wurde. Das funktionierte auch für eine kurze Zeit, dann aber ließ sich der Aufruhr nicht mehr ignorieren. Oder vielleicht doch mit einer Hypnose, die glauben mache, alles sei gut, nur eine Gruppe aufgebrachter Organe stritte miteinander und würde sich auch wieder vertragen. Alles ohne Erfolg.

Dann hielt der Bus, um einen Passagier aussteigen zu lassen. Jetzt könnte ich ebenfalls aussteigen. Heinz möge den Ausflug wie besprochen durchführen, ich werde zurück nach Jerusalem trampen. Aber sobald der Bus stand, trat auch eine spürbare Beruhigung der Magennerven ein, ich wollte doch nicht kapitulieren und redete mir ein, es werde schon gutgehen – so weit kann es ja nicht mehr sein. Aber es ging nicht gut. Kaum hatte der Bus sich wieder in Bewegung gesetzt, fing es wieder an, ärger als zuvor.

Ich war mir sicher, dass Heinz mein Leiden nicht verborgen blieb. Doch vermied ich jeden Blickkontakt, er könnte ihn als Bitte um Kenntnisnahme, um Hilfe missverstehen und das wollte ich unter allen Umständen vermeiden.

Erneut schloss ich die Augen, leugnete meinen Zustand,

forderte Disziplin und Anstand meiner inneren Organe und ahnte doch, am Ende würde ich verlieren.

Wieder hält der Bus. Ich öffne die Augen und erkenne an der Haltestelle eine stark abschüssige Böschung, bestanden mit niedrigem Buschwerk. Dies wäre eine Gelegenheit, hier könnte ich … . Noch während sich dieser Gedanke entwickelt oder besser, weil er sich entwickelt, spüre ich, wie der Magen heftig krampft, überdeutlich signalisiert, er werde sich augenblicklich von allem befreien, was seiner Meinung nach nicht zu ihm gehört. In Panik dränge ich die vor mir stehenden Passagiere zur Seite, stürze durch die offene Tür, den Abhang hinunter, verliere jeden Halt und alles, was ich zuvor noch mit großem Appetit genossen habe. Nach Atem ringend, den bittergiftigen Geschmack von Galle auf der Zunge, versuche ich mich aufzurichten. Kalter Schweiß steht mir auf der Stirn, aber ich weiß auch, das Schlimmste ist überstanden, von nun an kann es nur besser werden. Als ich aufschaue, erkenne ich fünfzig amüsiert bis neugierig blickende Augenpaare hinter den staubverschmierten Scheiben des davonfahrenden Busses.

Oben auf der Böschung stand Heinz, besorgt und auch wohl etwas verärgert dreinblickend. Ich fühlte mich schuldig, kletterte die Böschung empor und versuchte eine Entschuldigung. Aber Heinz reichte mir nur die Feldflasche: „Trink erstmal", wies in Fahrtrichtung und erklärte: „Da vorne, Joe, das muss Bethlehem sein!"

Simon von Kyrene

An diesem Tag war es besonders heiß. An einem Stand mit Erfrischungsgetränken wurde frischer Zuckerrohrsaft gepresst. Den aufgefangenen Saft könnte man wohlwollend als naturtrüb bezeichnen, tatsächlich enthielt er noch eine erhebliche Menge an Rückständen von Pflanzenbestandteilen und den vom austretenden Saft eingeschwemmten Straßenstaub der ungereinigt verarbeiteten Pflanzen. Aber der Geschmack – einfach unvergleichlich!

Auf der El-Wad, einer sehr belebten Geschäftsstraße wandert man direkt vom Damaskus-Tor zur Mitte der Altstadt. Nach etwa zehn Minuten ist der Teil der Straße erreicht, der für zwei Kreuzwegstationen auch Teil der Via Dolorosa ist. Die Station III markiert die Stelle, an der Jesus das erste Mal zu Fall kam. Hier steht auch eine kleine Kapelle, über deren Eingang der gestürzte Jesus in einer Relief-Arbeit und im Eingangsbereich des Gebäudes das gleiche Motiv in malerischer Ausfertigung zu sehen ist.

Kurz darauf folgt die Station IV. Hier soll Jesus seiner Mutter begegnet sein. Zur Erinnerung wurde eine armenische Kirche errichtet. In ihrer Krypta befindet sich ein großflächiges byzantinisches Bodenmosaik aus dem 4. bis 6. Jahrhundert. Dieses wurde angeblich in Teilen aus Steinen zusammengesetzt, die der originären Pflasterung der Via Dolorosa entnommen worden waren. Wenig verwunderlich, dass man auch darauf Fußspuren der Mutter Jesu zu erkennen glaubt. Derartig windige Nachweise der damaligen Leidensgeschichte Jesu scheinen mir wenig geeignet, den Glauben an historische Ereignisse zu fördern, sie bewirken das Gegenteil.

Dennoch – ich wurde neugierig. Der Weg Jesu, über Gassen, an Verkaufsständen, Teestuben, Handwerksbetrieben vorbei, ließ sich erahnen, wurde realer gedacht, bekam sozusagen ein Gesicht. Ich folgte der Via Dolorosa. Nach wenigen Gehminuten verlässt diese die Geschäftsstraße mit einer scharfen Rechtskehre und passiert unmittelbar die an diesem Eck vermutete V. Station. Eine kleine Franziskaner-Kirche steht dort und erinnert an den Kreuzträger und Helfer Simon von Kyrene. Der christlichen Tradition zufolge befand sich Simon, ein einfacher Feldarbeiter, auf dem Weg nach Hause, als ihn römische Soldaten zwangen, das Kreuz des verurteilten Jesus von Nazareth zu tragen.

Rechts vom Eingang, in das Mauerwerk der Kirche eingefügt, ist ein Backblech großer, glänzend aussehender Pflasterstein zu sehen. Interessiert trete ich näher und schaue ratlos. Die ganze Oberfläche sehr verwittert, zur Mitte hin vertieft, geglättet und in heller werdenden Farben mit rötlichen Einsprengseln. Keine Schrifttafel mit einem erklärenden Text.

„Can I help you?“ Ein gutgelaunter älterer Mann in einem etwas zu aufdringlich geratenen Sakko, wie er häufig von Amerikanern getragen wird, wenn sie Urlaub machen, erklärte mir die Bedeutung des Mauersteins.

„Well“, begann er und es klang wie Hör-Dir-das-mal-an: „When Jesus stumbled and rested his hand upon the wall to keep his balance an imprint was left behind, and the touch of centuries of pilgrims has smoothed out the stone and made the depression deeper!“ Verblüfft schaute ich ihn an. Er amüsierte sich: „Believe it or not, but that’s what they are going to tell you!“

Ja, warum nicht? Wenn Fußspuren der Mutter Jesu nach zweitausend Jahren noch zu sehen waren, dann konnte doch wohl auch ein Abdruck ihres sich abstützenden Sohnes sichtbar bleiben. Dennoch, ich bekam das Staunen nicht aus den Augen. Aber der Amerikaner deutete meinen Gesichtsausdruck ganz anders - als den eines fanatisch Gläubigen, dessen religiöse Gefühle zutiefst verletzt wurden. Und er glaubte wohl, dass es jetzt besser sei, sich schnell und unauffällig von diesem Glaubensbesessenen zu entfernen, bevor der ihn an heiligem Ort zur Rede stellte, handgreiflich würde und augenblickliche Buße verlangte. Noch bevor er ganz verschwand, vernahm ich sein erneutes „believe it or not!". Schade, ich hätte mich gerne ausführlicher mit ihm unterhalten.

Plötzlich war lautes Skandieren zu hören, eine geschlossene Gesellschaft lärmte um das Eck an der Franziskaner-Kapelle. Inmitten der Schar ein Mann in hellerem Gewand als alle anderen, gebückt stolpernd mit einem Querbalken auf den Schultern, in nächster Nähe drei uniform gekleidete Personen und dazu eine kleine Gruppe von Pilgern in erdfarbenen Büßergewändern. Das Ganze nicht schwer als eine Nachstellung der Leidensgeschichte Jesu zu deuten.

Wir hatten zuvor schon davon gehört, dass es häufig zu derartigen Aufführungen komme, nicht nur zum alljährlich wiederkehrenden Gedenken an die Leidens- und Wiederauferstehungsgeschichte Jesu an den Ostertagen. Solche Aufführungen entstünden oft spontan und würden arrangiert von einer hochmotivierten Gruppe entschlossener Gläubiger. Sie seien Laien und bedürften auch gar nicht einer professionellen Unterweisung, ihr Gott und ihre Gläubigkeit würden ihnen die rechten Worte und Wege weisen.

Seitens der Behörden hielt man sich zurück; das Schauspiel war nicht ausdrücklich verboten, aber sie sorgten sich auch nicht um eine störungsfreie Ausübung. Es sei daran erinnert, dass Ostjerusalem im Rahmen des israelischen Unabhängigkeitskrieges 1948 von Jordanien besetzt und seit 1950 annektiert worden war. Mit anderen Worten, das durchweg islamische Jordanien hatte hier und heute (1962) das Sagen und das war an einer demonstrativen Huldigung christlichen Glaubens ganz und gar nicht interessiert.

Aber ich war augenblicklich fasziniert, trat näher und spürte eine aufkommende heimliche Spannung. Nur zu beobachten, nicht zu hören war der Dialog zwischen Jesus und den Söldnern. Übertönt wurde er von dem Chor der Pilger, manchmal in allgemeinem Gleichklang, manchmal aber auch in Gruppen mit unterschiedlichem Wortlaut und dann einander überbietend in Tonlage und aggressiver Rhythmik. Nicht auszumachen war, was sie formulierten. Ich verstand ihre Sprache nicht. Jedenfalls war es kein Englisch, wie wir es in der Schule gelernt hatten, und wohl auch kein Latein. Es könnte Hebräisch, Griechisch oder auch Arabisch gewesen sein – keine Ahnung.

Ein wenig verstörend wirkten nur die nordisch anmutenden Gesichter der von Pilgern dargestellten Jerusalemer. Einige davon stark gerötet, wobei unklar blieb, ob von der Sonne, ob von dem eingebildeten Bewusstsein, aufgebrachte Bürger Jerusalems darstellen zu müssen oder aufgrund zuvor genossenen Alkohols. Unstrittig jedoch war, dass sie alle mit großer Leidenschaft beteiligt waren.

Nun verharrten sie auf Höhe des Kircheneingangs. Der Chor verebbte und eine erwartungsvolle Stille trat ein. Eine Stille, die nur das Verstummen der Pilger beschreibt. Der geschäftige Alltag dieser Gasse blieb unberührt, war gar nicht beteiligt, reduzierte sich aber für mich zur Staffage, war nur noch Teil der Kulisse. Allerdings war manchem Passanten sein Unmut durchaus anzusehen und nicht nur Zorn und Empörung brachten dies zum Ausdruck, sondern manchmal auch eine übertrieben zur Schau gestellte Gleichgültigkeit.

Mittlerweile war ich dem Geschehen so nahe gekommen, dass ich die einzelnen Gesichter der Akteure genauer erkennen konnte. Jesus war zweifellos ein attraktiver Mann, markante Gesichtszüge, schulterlanges schwarzes Haar, von großer Gestalt und trotz der gebrochenen Haltung erkennbar athletisch – er erinnerte mich an den französischen Schauspieler Jean Marais, den ich schon als Kind in seiner Rolle als Grafen von Monte Christo bewundert hatte.

Der Jesusmime schien sich seiner Rolle sehr bewusst – nicht weniger als die Inkarnation einer Gottheit lautete sein Auftrag. Mit einem träumerischen Lächeln in einem von Schmerz und Trauer umflorten Gesicht, die dunklen Augen ins Jenseits gerichtet, schien er schon nicht mehr von dieser Welt. So stellte er sich offenbar Gottes Sohn vor und so wollte auch er sein, wie Jesus.

Ein starker Glaube, eine leidenschaftliche Identifikation mit der leidenden Person des Gekreuzigten, dazu noch ein inniges aber irriges Sendungsbewusstsein und eine entsprechende Empfänglichkeit für autosuggestives Gedankengut resultierten in einer perfekten Metamorphose: Er brauchte es nicht mehr zu wollen, er war Jesus, auf immer und ewig.

Nun sprach er zu seinen Bewachern, streng blickenden, sich unnachgiebig gebärdenden Soldaten und erfuhr nur barsche Fingerzeige Richtung Golgatha. Jesus sank auf die Knie. Der Querbalken rollte zur Seite, stieß gegen die Kirchenmauer und versperrte so die Hälfte der Gasse.

Und in das Drama drängten sich immer wieder die Bewohner dieser Stadt, solche, die hier zu Hause waren, ihren üblichen Geschäften nachgingen, sich auf den Weg nach Hause, zu den Teestuben, zu Freunden befanden oder solche, die sich einfach nur die Zeit vertrieben. Nicht wenigen war anzusehen, wie sehr sie sich provoziert fühlten. Aber Jesus störte dies nicht. Er hatte Göttliches im Sinn und einen Auftrag zu erfüllen.

Aber jetzt war er am Ende seiner Kräfte. Seine Peiniger taten ratlos, blickten suchend umher und befahlen einem bis dahin unauffälligen Mitläufer aus der Schar der Pilger, das Querholz des Kreuzes anstelle des Verurteilten zu tragen. Auch die Rolle des Simon von Kyrene war trefflich besetzt worden. Der Darsteller entsprach durchaus der Vorstellung, die man sich beim Lesen des entsprechenden Bibeltextes gemacht hatte. Ein ungelenker, unbedarft dreinschauender Arbeiter, der dem herrischen Auftreten der römischen Soldaten nichts entgegenzusetzen hatte.

Noch während Simon die Befehle der Soldaten empfing, mühte sich ein schmächtiger, quirlig wirkender Teppichhändler seine halbhoch mit schweren Teppichen beladene Karre auf der abschüssigen Gasse auf Kurs zu halten und er glaubte wohl, sie noch vor dem querliegenden Balken zum Stehen bringen zu können. Vergeblich, seine Karre streifte die Mauer, krachte gegen den Balken und darüber stürzte seine Ladung Teppiche. Ein Desaster. Schuld daran war dieser irrgläubige, sich im Größenwahn gottgleich fühlende Ungläubige, der hier, in seiner Stadt, ohnehin nichts zu suchen hatte. Voller Zorn ballte er die Fäuste.

Jesus hatte sich mittlerweile aufgerappelt, sah, was er angerichtet hatte, wandte sich an den Wütenden und redete beschwichtigend auf diesen ein. Was er sprach, kann ich nicht sagen. Weder war dies sprachlich zu verstehen, noch ließ sich die Sprache identifizieren. Die Art und Weise, wie er sein Gegenüber zu beschwören versuchte, erinnerte mich an einen Wort-zum-Sonntag-Prediger, als dieser seinen Zuschauern weismachen wollte, dass alles Unheil, alle Qual als eine Prüfung Gottes verstanden werden müsse; denn deren Annahme und Duldung in gottgefälliger Weise vermehre ihre Verdienste und sichere in besonderer Weise ihre himmlische Existenz.

Was der Teppichhändler von den Worten Jesu verstand und ob er überhaupt dessen Sprache mächtig war, konnte ich auch nicht feststellen. Seine Körpersprache indes verriet eindeutig, dass es in ihm brodelte. Als Jesus eine Pause benötigte, fuhr er sofort dazwischen, bellte obszöne Flüche – zumindest vermutete ich solche – in ein stoisch gütiges, mitfühlendes Antlitz. Jesus schwieg, wartete geduldig auf das Ende seiner Tobsucht und entschied, dass diesem Hitzkopf nur mit noch mehr Geduld und Anteilnahme beizukommen war, und so wiederholte er mit leiser hypnotisierender Stimme seine schon einmal formulierten Beschwichtigungsversuche.

Den Teppichhändler beeindruckte dies jedoch nicht. Im Gegenteil, Jesu Fürsorge und sein unbeeindruckt mitfühlender Gleichmut gingen ihm gehörig auf die Nerven. Er ging auf Tuchfühlung, reckte seinem deutlich größeren Gegner sein inzwischen hochrot gewordenes Gesicht entgegen, fluchte und schimpfte noch ärger als zuvor und beendete seine Kanonade mit einer kommandierenden Frage und – nachdem er nicht sofort eine Antwort erhielt – wiederholte diese, verbunden mit der Drohung „wenn nicht, dann …!" – so jedenfalls meine Interpretation von Gestik und Geschrei des Wüterichs.

Jesu Blick wurde noch milder, noch verständnis- noch mitleidsvoller. Er wollte es noch einmal versuchen, streckte eine Hand aus, um sie dem Wütenden auf die Schulter zu legen, damit er Vertrauen fasse und sich Argumenten nicht länger verschließe. Doch der begriff nicht, erkannte vielmehr einen Angriff und schlug zu, mit der flachen Hand auf Jesu Wange.

Ein Raunen ging durch die Menge.

Ging es nur um die Regelung eines Missgeschicks? Ärgerlich zwar, aber mit einer Entschuldigung und gegebenenfalls einer kleinen Entschädigung aus der Welt zu schaffen? Oder nutzte ein strenggläubiger Moslem die Gelegenheit, eine verhasste, konkurrierende Glaubensgemeinschaft, deren anmaßendes Auftreten ihm und seinen Glaubensbrüdern schon immer ein Dorn im Auge gewesen war, in die Schranken zu weisen? Oder handelte es sich um eine zutiefst menschliche, irrationale Reaktion eines vor

Zorn außer Kontrolle geratenen Individuums, das weder die Andersgläubigkeit seines Kontrahenten scherte, noch die diesem zugewiesene Rolle eines schauspielernden Christengotts? Seit Erteilung des Backenstreichs war ich von letzterem überzeugt.

Zur Verblüffung aller schien Jesus jedoch nicht sonderlich überrascht, seine Mimik verlor nur um Nuancen von ihrer überirdischen Ausstrahlung, er kannte alle Bibeltexte, und wusste was zu tun war.

Der Streit wiederum hatte Aufsehen erregt, eine größer werdende Menschenmenge beobachtete das Spektakel und hoffte, dass es nicht sobald enden werde. Wenig beachtet dagegen werkelte Simon, ganz im Sinne der ihm zugedachten Rolle, an der Aufrichtung des Balkens, was nicht so ganz leicht war, da dieser unter einem Teil der Teppiche vergraben lag.

Alle Aufmerksamkeit galt jedoch der Eskalation in der Auseinandersetzung zwischen einem Bewohner dieser Stadt und dem Hauptdarsteller der Leidensgeschichte Jesu. Dieser erkannte, dass eine verbale Deeskalation nicht gelingen werde. Tatsächlich werde die unberechenbare Raserei dieses Irren durch nichts und niemanden mehr zu stoppen sein. Aber davonlaufen konnte er auch nicht. Er hatte den Willen seines göttlichen Vaters zu erfüllen und der hatte ihm den Tod am Kreuze befohlen. Und so schaute er seinem Gegenüber stumm und hilflos in die wütenden Augen – den zweiten Backenstreich erwartend. Aber mit diesem und jedem weiteren festigte sich das Bewusstsein seiner Gottgleichheit und seine Entschlossenheit, den begonnenen Leidensweg zu Ende zu bringen.

Als ihm Blut aus der Nase floss, durch weitere Schläge im ganzen Gesicht verteilt wurde, entdeckte ich in manchen der zu Beginn allesamt parteiisch ausgerichteten Gesichter eine mitfühlende, Unmut signalisierende Mimik. Ihre Front schien zu bröckeln.

Plötzlich stürzte der immer noch wie ein Berserker agierende Teppichhändler wie vom Blitz getroffen zu Boden. Simon von Kyrene hatte dem aufgerichteten Balken den rechten Stoß in die richtige Richtung versetzt und so den Tobenden schlagartig außer Gefecht gesetzt, diesem aber nur vorübergehend das Bewusstsein geraubt. Jetzt ruhte er auf beiden Knien, größte Verwunderung in den Augen, schien sich der Ursache seiner Bewusstlosigkeit erinnern zu wollen und wusste am Ende keine andere Erklärung, als dass der Gott der Christen Partei ergriffen hätte, zugunsten seines Gegners eingeschritten sei. Nun hatte er die Allmacht eines Gottes erfahren. In Demut beugte er sich weit vornüber, drückte Gesicht und Hände in den Staub der Straße und harrte der Dinge, die ihm dieser Gott noch antun könnte.

Jesus aber, dem die Ursache dieser wundersamen Wandlung ebenfalls verborgen geblieben war, wohl auch wegen des sichtversperrenden Blutes, war von Anfang an der Überzeugung, dass es sein Vater im Himmel gewesen sein müsse, der eingegriffen habe, um seinem Sohn den Weg zur Vollendung seines Auftrags nicht zu verwehren.

Er hob sein malträtiertes, blutbesudeltes Haupt – ergreifend und göttlicher als zuvor. Für wenigstens einen Herzschlag war auch ich jetzt davon überzeugt, der wahre Jesus stehe mir gegenüber, sei unter uns gekommen, ließe sich quälen und opferte sich aus Liebe zu uns Menschen.

Der Mann aus Kyrene hatte sich derweil auf den Weg gemacht, war schon weit voraus. Eile war geboten. Jesus blickte auf seine Bewacher und die Schar seiner Verfolger und sie alle begriffen, dass es jetzt weitergehen müsse, ihrer aller Auftrag noch nicht erfüllt sei.

Und als sie weitergingen, erkannte man ein neu entfachtes Sendungsbewusstsein, so als ob sie der Begegnung mit dem Teppichhändler, seiner Wandlung von Hochmut zur Demut eine be-

sondere, eine gottgewollte Bedeutung beigemessen hätten und
der Meinung wären, sie hätten der Anzahl denkwürdiger Statio-
nen der Via Dolorosa eine weitere von gleich großer Bedeutung
hinzugefügt.

Marziniak *Inge*

Zeit der Erinnerung

Mein Weg führt durch den spätherbstlichen Wald. Gedankenverloren leiten meine Schritte mich zum Friedhof. Wie immer fällt das Eingangstor mit einem lauten Geräusch ins Schloss, es stört die Stille. Die alte Eiche, die mich im Sommer durch ihr prächtiges Baumkleid beeindruckt hat, steht fast entblättert am Rande des Weges. Ihre dicken Äste sind mit Drahtseilen festgezurrt, damit die Herbststürme ihr nichts anhaben können. Die Vögel, die mich im Sommer auf meinen Wegen begleitet und mit ihrem Gesang erfreut haben, sind schon lange verstummt. Nur die Eichhörnchen huschen, wie immer in aller Eile, durch das nun blätterlose, kahle Geäst. Schnurgerade geht es vorbei an endlosen Grabreihen. Große und kleine Grabmale säumen den Weg. Engel, Bilder, Madonnen, Bibelsprüche und nicht zuletzt Lebensweisheiten aus dem Alltag sind meine Begleiter, möchten jedem Vorübergehenden noch etwas mitteilen, dazwischen jedoch schieben sich schweigend die weniger gepflegten Grabstätten.

Ein Mann mittleren Alters fällt mir auf. Unbehagen und Ärger kann ich in seinem Gesicht lesen. Er trägt das Laub von einem Grab ab und bringt es raschen Schrittes zu einem Abfallbehälter. Ich spüre seinen Unmut und gehe, ohne ihn zu grüßen, an ihm vorüber. Während ich einen großen Strauß bunter Blumen bestaune, bin ich schon unbewusst am Soldatenfriedhof angekommen. Diesen umgibt von allen Seiten eine dicke Steinmauer mit einer roten Ziegelabdeckung. Im Eingangsbereich wartet noch ein verwelkter Kranz auf seine Entsorgung. Die klare Luft, der Geruch von Laub und Moos wecken Gedanken in mir an etwas weit Zurückliegendes. Manchmal, so auch heute, habe ich eine weiße Rose mitgenommen, die ich jetzt auf ein

Grab lege, dessen Inschrift nicht mehr zu lesen ist. Meine Gedanken sind bei meinem Vater angekommen, der irgendwo in der Weite Russlands ruht, wie in einem Niemandsland ohne Blumen und Kränze für ihn. Selbst die Heimaterde blieb ihm verwehrt. Rasch lenke ich meine Schritte wieder auf einen befestigten Weg. Meine Füße spielen mit dem Laub. Der Wind treibt es vor mir her.

Es ist fast Mittag und ich halte Ausschau nach einer Besucherin, die stets pünktlich um diese Zeit erscheint. Ein wenig überrascht bin ich trotzdem, als ich sie von Weitem sehe. Eine faszinierende ältere Dame, in aufrechter Haltung und raschen Schrittes eilt sie auf mich zu. Ihre weichen Gesichtszüge lassen sie vom ersten Blick an sympathisch erscheinen. Wir haben uns vor ein paar Monaten an diesem Ort kennengelernt. Als sie mir von ihrem Sohn erzählt hat, habe ich ihr schweigend zugehört. Heute kann ich ihr sagen, wie außergewöhnlich liebevoll sie immer das Grab ihres Sohnes herrichtet. Zu jeder Jahreszeit stehen Rosen, Chrysanthemen und andere Blumengebinde, alles in weiß, auf dem Grab. Auch jetzt hat sie einen Strauß weißer Rosen in der Hand. „Es ist das schönste Grab auf dem Friedhof ", sage ich zu ihr. Sie hat Tränen in den Augen und meint: „Das ist das Schönste, was ich seit langer Zeit gehört habe". Ich lasse sie mit ihrem Sohn allein.

Zu der Ruhestätte meines Mannes sind es nur noch wenige Schritte. Bevor ich auf der kleinen Bank Platz nehme, setzt sich die Sonne noch einmal gegen die dichten Wolken durch. Ein Hauch von Wärme durchströmt mich.

Die vollkommene Stille lädt mich dazu ein, dass meine Gedanken auf eine Reise in die Vergangenheit gehen, obwohl sie noch immer sehr nahe ist. Ich habe tausend Erinnerungen in mir, ebenso tausend Fragen, die für immer unbeantwortet bleiben.

Gemeinsame Wege, das war gestern.

Meine Blicke gehen hinüber zu einer Dame in Schwarz, die mir erzählt hat, dass ihr Mann heute Geburtstag hat. Welche Trauer mag in ihr sein. Liebevoll hat sie das Grab gepflegt, doch der Wind bläst mit aller Kraft das Blattwerk wieder zurück.

Die symbolische Flamme im angrenzenden Wald des Lichts, die nur für die anonymen Gräber steht, ist von meiner Bank aus gut zu erkennen. Selten sehe ich jemand, mir fällt auf, frische Blumen stehen immer an der gleichen Stelle.

Bei all meinen trüben Gedanken fallen mir plötzlich vier Worte ein, die ich im Sommer auf einer Kranzschleife mit einem Herzen, gesteckt mit roten Rosen, im Vorbeigehen gelesen habe. „Du warst mein Leben". Vier Worte von höchster Wertschätzung. Liebe und Glück kommen mir in den Sinn, aber auch Verzweiflung. Was bin ich ohne dich?

Nachdenklich mache ich mich auf den Rückweg. Wie immer nehme ich einen anderen Weg. Irgendwann gerate ich ins Stocken, halte noch einmal inne. Eine Tafel aus hellem Marmor, fast verdeckt im Gebüsch, erweckt meine Aufmerksamkeit.

Ich lese: „Du fällst nicht tiefer als in Gottes Hand ".

Hoffnung

Geh nicht bevor die Nacht vorbei
spürst du nicht meinen Schmerz
die Dunkelheit sie dringt in mich
bricht mir mein wundes Herz

Genieß mit mir den Augenblick
die Kostbarkeit der Zeit
erst wenn es dämmert schau zurück
auf das was uns noch bleibt

Und wenn der erste Sonnenstrahl
das Grau der Wolken bricht
ist Zuversicht mein Elixier
erfüllt vom Morgenlicht

Verflixte Grenze

Die Hauptarbeitszeit in den Leuna-Werken war von 6.45 Uhr bis 16.20 Uhr, außer man war im Acht- bzw. Zwölf-Stunden-Schichtsystem.

Früh um fünf Uhr klingelte täglich bei mir der Wecker. Mit dem Fahrrad waren es ca. drei Kilometer bis zu unserem Bürohaus. Nach der Arbeit erledigte ich notwendige Einkäufe, oder die Hausarbeit erwartete mich. Meistens verschob sich diese auf das Wochenende.

Im April 1986 bügelte ich bei Radiomusik meine Wäsche. Plötzlich hörte ich in den Nachrichten, dass man zu Verwandten zweiten Grades nach Westdeutschland fahren kann. Das brachte mich auf den Plan. Wie bewerkstellige ich es, zu meiner Tante nach Bad Homburg zu kommen? Ich erinnerte mich an sie, dass sie in einem Breslauer Varieté die Eintrittskarten abgerissen hatte oder wie wir gemeinsam mit Mutter und meinem Bruder Hilmar auf dem Oderarm Kahn fuhren. Da war ich gerade sechs Jahre alt. 1980 und 1982 fuhr auf mein Bitten meine Mutter schon einmal zu ihr. An ihren Geburtstagen schrieb ich ihr immer eine Karte. Ab und zu kam von ihr auch ein Brief.

Nun setzte ich alle Hebel in Bewegung, die alte Tante Vera einmal zu besuchen.

Unser Kaderleiter war ein fünfhundertprozentiger SED-Mann und vielleicht auch mit der Stasi verbandelt. Angst vor ihm hatte ich nicht. Bei solchen Leuten ist man nur vorsichtig mit den Äußerungen. Auf dem langen Gang unseres Bürohauses ergab sich die Gelegenheit, ihn unter vier Augen zu sprechen.

„Herr Krause, ich habe ein Anliegen: Im Radio hörte ich, dass man auch zu Verwandten zweiten Grades nach dem Westen

118

fahren darf. Stimmt das?" Herr Krause musterte mich von oben bis unten. Wahrscheinlich überlegte er, was er mir wie sagen sollte. „Was hatten Sie da für einen Sender im Radio eingeschaltet?" O je, jetzt musste ich vorsichtig sein. „Das weiß ich nicht mehr, aber stimmt das?" Nach einer Weile nickte er nur. Ich bekam wieder Oberwasser. „Was muss ich tun, damit ich meine Tante besuchen kann?"

„Sie bringen mir die Genehmigung von der Stadt, dass sie dort lebt, die Geburtsurkunde der Tante und auch die Einladung an Sie von ihr."

Gesagt, getan. Sofort schrieb ich meiner Tante Vera, die in einem Privataltenheim im Hölderlinweg wohnte. Ein vom Gericht zugewiesener Betreuer erledigte für sie die geforderten Bescheinigungen von der Stadtverwaltung. Meine Tante schrieb einen ganz kleinen Zettel, der die Einladung sein sollte. Dies alles gab ich meinem Kaderleiter.

Es war schon Mai.

Da ich in meinem Betrieb Frauenausschussvorsitzende und auch noch außerhalb des Leuna-Werkes ehrenamtlich tätig war, setzte ich einfach dem Herrn Krause die Pistole auf die Brust: „Wenn Sie mich nicht fahren lassen, schmeiße ich alle Ämter hin. Da bin ich nur Sekretärin in meiner Abteilung." Das war schon mutig von mir. „Na warten Sie erst einmal ab. Ich muss das ja weiterleiten."

Ein paar Tage später rief er mich an, ich solle zu ihm kommen. Er könne nichts am Telefon sagen. Also ging ich hin. „Leider können Sie nicht fahren. Die Einladung ist für Pfingsten. Das geht nicht. Es muss ein familiärer Grund sein. Ihre Tante hatte im März Geburtstag. Es geht erst im nächsten Jahr wieder." Schade. Das sah ich ein. Doch ich hatte es wenigstens einmal versucht. Dann fiel mir ein, dass mein Bruder Klaus, der in Paderborn lebte, fünfzig Jahre alt wird und das erwähnte ich noch.

„Wann?" fragte der Kaderleiter.

„Am 7.7."

„Sofort einreichen!"

Schnell schrieb ich meinem Bruder. Er besorgte sofort die Papiere — und ich konnte tatsächlich im Juli nach Bad Homburg reisen. Eine persönliche Einladung von Klaus bekam ich nicht. Ein schönes Gefühl, etwas erreicht zu haben, wo eigentlich keine Aussicht auf Erfolg war.

Nun ging es ans Kofferpacken. Was darf ich mitnehmen? Durch Erfragen mancher Kolleginnen und Kollegen, die auch besuchsweise nach der Bundesrepublik reisen durften wäre eine Salami und eine Flasche Nordhäuser Korn nicht verkehrt. Also gesagt, getan. Fotos von uns packte ich noch schnell mit ein.

In freudiger Erwartung saß ich ganz stolz im Interzonenzug. Das Abteil war mit acht Personen voll besetzt. Meinen Koffer musste ich vor dem Abteil stehen lassen, weil kein Platz in den Gepäcknetzen mehr war. Es wurde erzählt, und ich hörte zu.

An der Grenze hielt der Zug. Wie still es auf einmal in unserem Abteil war. Eine Frau riet mir, den Koffer vom Gang hereinzuholen und an das Fenster zu stellen. Neugierig wartete ich, was jetzt kommt. Eine uniformierte junge Frau trat in das Abteil. Sie fragte die Reisenden nach den Koffern im Gepäcknetz, wem dieser oder jener Koffer gehöre. Mit Mühe und Not antworteten die Anwesenden. Ja nicht so viel sagen. „Und wem gehört der Koffer?" und zeigte auf meinen. „Der gehört mir." Oh, das war doch schon zu viel gesagt. „Alle Fahrgäste bitte nach draußen, und Sie machen den Koffer bitte auf!" Einesteils amüsierte ich mich ob der Kontrolle, Schmuggelware wird sie nicht finden, andererseits ärgerte ich mich über die verflixte Grenze. Den geöffneten Koffer begutachtete sie nun genau und bat mich, die Wäsche anzuheben, sah die lange Wurst und die Flasche Korn. Mein Kosmetiktäschchen interessierte sie auch. Sie blickte hinein und sah nur Lockenwickler, die obenauf lagen. Selbst da schaute sie, ob nicht eventuell Geldscheine der Bundesrepublik in den Lockenwicklern versteckt waren. In die Tüte mit den Fotos ging auch noch ihr Blick. Dann bedankte sie sich und verschwand.

Die anderen Fahrgäste nahmen wieder Platz, und der Zug rollte über die Grenze. Jetzt ging die Unterhaltung los. Für uns alle eine Erlösung!

In Frankfurt stieg ich in die S-Bahn, und in Bad Homburg nahm ich ein Taxi. Die Besitzer des Altenheimes warteten schon auf mich und bezahlten das Taxi. Ich wurde über den Zustand meiner Tante aufgeklärt. Sie war 82 Jahre alt. Da sie immer allein war, weder den Fernseher noch das Radio einschalte, grübele sie vor sich hin und sei wunderlich geworden. Die Neugier auf meine Tante steigerte sich. Die Frau des Hauses ging mit mir in die erste Etage. Die Tür war einen Spalt auf, und von innen hakte ein Riegel an der Zarge. Ach je, sie wartete schon auf mich! Ganz aufgeregt kam sie zur Tür, um den Riegel zu lösen. Ich sah eine kleine, zierliche, grauhaarige Frau mit lustigen Augen und einem sympathischen Gesicht, das meinem Vater sehr ähnelte.

Von der zehnstündigen Reise war ich geschafft. Wir bekamen Kaffee und Kuchen vom Haus. Tante und ich unterhielten uns gut. Sie erkundigte sich nach mancherlei. Meine mitgebrachten Fotos interessierten sie sehr. Plötzlich zeigte sie mir von sich ein kleines Schwarz-Weiß-Bild, darauf fünf Männer. Nun sollte ich meinen Vater herausfinden. Natürlich wusste ich es. Ganz schön klug, dachte ich, und misstrauisch war sie auch noch. „Wer weiß, ob das meine Nichte ist", hatte sie zu der Besitzerin des Altenheimes gesagt.

Nun rief ich erst einmal meinen Bruder an, dass ich bei Tante Vera angekommen war, bedankte mich für die Besorgung der Papiere, und da fragte er : „Ja, und wann kommst Du zu mir? Ich habe siebzig Gäste und brauche Deine Hilfe. Ich warte auf

Dich, fünfzig wird man nicht wieder!" Ich wollte doch nur die Tante besuchen!

Wie bringe ich es jetzt Tante Vera bei, dass Klaus auf mich wartet? Zehn Tage sind für einen Antrag nach Westdeutschland genehmigt. Ist man am elften Tag nicht zur Arbeit erschienen, wird die Wohnung versiegelt. Ich war erstaunt, dass meine Tante Verständnis für meine Situation zeigte. Vielleicht sah sie schon voraus, dass acht Tage Besuch sie überfordern würden.

Jetzt gab es aber noch viel zu erzählen. Sie flüchtete 1945 aus Breslau mit ihrem Mann. Mein Onkel Bernhard war kriegsuntauglich. Über Gera kamen sie nach Bad Homburg. Als mein Onkel starb, lebte die Tante sehr zurückgezogen, bis sie in das Altenheim kam. Klaus hatte sie vor längerer Zeit einmal besucht, war aber mit ihrer Art nicht zurecht gekommen. Nun hatte ich die Gelegenheit, meine Tante öfter zu besuchen.

Mit einem schlechten Gewissen, die Tante wieder verlassen zu müssen, fuhr ich schon am fünften Tag nach Paderborn. Klaus holte mich vom Bahnhof ab, und wir fuhren zu seinem gemieteten Haus. Mit Hallo begrüßten mich seine Frau und die Kinder. Sogar meine Cousins kamen, um mich zu sehen. Dann aber war viel Arbeit vor und nach der großen Geburtstagsfeier zu bewältigen. Als ich wieder zum Zug gebracht wurde, einstieg, aus dem Fenster sah, wurde ein Bettlaken zum Winken für mich geschwenkt. Schön! Mir kamen die Tränen.

Von meinen zehn Tagen, die ich reisen durfte, waren jetzt noch knapp zwei Tage übrig. Deshalb ging es noch nicht nach Leuna, sondern ich stieg an der Grenzstation Helmstedt aus. Mit meinem Neffen Thomas, der in Westberlin studierte, verabredete ich mich telefonisch. Wir freuten uns über das überraschende Wiedersehen und erzählten die halbe Nacht, denn seit vier Jahren konnte ich nur schriftlich Kontakt zu ihm halten. Telefonieren durfte ich in meinem Betrieb nach dem Westen überhaupt nicht.

Die Telefonate wurden von der Stasi kontrolliert. Privat gab es nicht für alle ein Telefon.

Nun war ich im Zug nach Halle. Einen Sitzplatz hatte ich nicht. So stand ich draußen im Gang ganz allein. In Marienborn wurden wir wieder kontrolliert. Jetzt konnte ich beobachten, wie die Grenzkontrolleure draußen mit den Hunden am Zug entlang liefen. Die Waggontüren wurden zugeschlossen. Ein Grenzkontrolleur kam mit einer kleinen Leiter an die Toilettentür, schrieb die Türnummer auf und ging mit der Leiter in die Toilette. Was hat er wohl da drinnen kontrolliert? Mich beachtete man überhaupt nicht, so beschäftigt waren sie.

In Halle stieg ich in die Straßenbahn nach Leuna. Ganz stolz war ich ob der außergewöhnlichen Reise.

Flucht aus Breslau

Die Nacht zum 25. Januar 1945. Es war Mitternacht. Meine Mutter legte gerade ein Kind in den Wagen und wollte das zweite Kind stillen. Da klingelte es an der Tür. Dadurch wurde ich wach, hörte die Stimme einer Frau, die ganz aufgeregt sagte: „Raus, raus, die Russen stehen vor der Tür. Packen Sie soviel ein, dass Sie für vierzehn Tage auskommen. Beeilen Sie sich. Sie müssen zum Bahnhof gehen."

Nun ging es ganz schnell. Mein Bruder Hilmar war fünf Jahre und ich sieben Jahre alt. Wir bekamen ein Kleidungsstück nach dem anderen angezogen, so dass wir kaum laufen konnten. Mutter tröstete uns und meinte: „Erstens ist es lausig kalt und dann brauchen wir es nicht einpacken und tragen." Helga und Ursula waren am 6. Januar zur Welt gekommen. Einen Zwillingswagen zu kaufen, dazu hatte Mutter noch keine Zeit gehabt. Die zwei Mädchen schliefen als Notbehelf erst einmal im Kinderwagen meiner Tante. Nun wurde der Kinderwagen bis oben hin voll mit Sachen von uns gepackt. Die Zwillinge lagen ganz oben auf. Ich gab Mutter noch den Wecker, den sie wie selbstverständlich auch in den Kinderwagen legte. Ihn hatten wir später noch sehr lange. Was habe ich mir mit sieben Jahren dabei gedacht? Einen Wecker einpacken zu lassen! Zu guter Letzt stopfte Mutter noch ein Federbett in einen Sack, der dann quer auf dem Kinderwagen lag. Hilmar und ich bekamen je einen Karton mit unseren Sachen. Mit Bindfaden wurden sie verschnürt. Jetzt hatten wir dafür die Verantwortung.

Im Hauptbahnhof liefen die Menschen unruhig durcheinander. Keiner wusste, wohin er sollte. So viele Menschen hatte ich noch nie gesehen. Eine Missionsfrau, die auf dem Bahnhof koordinieren musste, sah uns mit dem Kinderwagen kommen und half uns in ein Abteil. Der Kinderwagen wurde durch ein Fenster in das Abteil gehoben, zu dem wir uns dann im Gang durchdrängelten. Die Missionsfrau bat die Flüchtlinge im Abteil, der Wöchnerin mit den Kindern Platz zu machen. Wohin der Zug fahren würde, wusste keiner. Obwohl Mutter sich schämte, musste das zweite Kind gestillt werden. Im Abteil war es dunkel. Wie lange wir fuhren und wo wir das erste Mal ausstiegen, weiß ich nicht. Wir waren plötzlich bei einem Bauern. Ich erinnere mich an den Kuhstall, der eine Etage tiefer lag als die Wohnung. Lange wohnten wir nicht dort, denn die Russen kamen immer näher. Infolgedessen fuhr uns der Bauer mit dem Pferdefuhrwerk eines Nachts zum Bahnhof. Und wieder ging es ins Ungewisse.

Plötzlich waren wir in Görlitz. Hier wurden wir in einem Hotel untergebracht. Das Zimmer besaß Doppeltüren. Wenn Hilmar und ich beide Türen einklinkten, standen wir im Dunkeln. Das war richtig gruselig, machte uns aber großen Spaß.

Mutter bekam neue Order, mit dem nächsten Zug nach Dresden zu fahren. Also wieder zum Bahnhof und auf den nächsten Zug warten. Natürlich mit dem vollgepackten Kinderwagen und dem Sack mit dem Federbett darauf. Wir beide trugen wieder unseren Karton und fassten den Kinderwagen an, damit Mutter uns bei sich hatte.

Der Zug war voller Menschen. Viele standen in den Gängen. Und dort befand sich auch die Toilette. Daraus stank es bestialisch. Jeder ging auf das Örtchen, und keiner änderte die Lage. Die Fäkalien gefroren ja sofort zu Eis, so dass sie schon über den Deckel herausragten.

Der Zug hielt unterwegs einmal. Mutter stieg aus und kam mit einem Stock wieder zurück und stieß den ganzen Mist nach unten. Alle waren froh und erleichtert. Doch Mutter schimpfte: „Da stehen so viel Männer im Gang und keinem fällt mal ein, etwas an dieser Situation zu ändern."

Wir fuhren Tag und Nacht, weil die Lokomotive immer wieder abgekoppelt und woanders eingesetzt wurde. Damit wir etwas zu trinken hatten, lief Mutter mit einem blauen Topf, den sie auch aus dem Kinderwagen zauberte, zur Lokomotive. Dort bat sie um heißes Wasser. Obwohl sie wusste, dass es kein Trinkwasser war, hatten wir wenigstens warmen Tee. Wir bekamen die Ruhr.

Es war Nacht. Alle schliefen. Der Zug stand. Meine Mutter schaute aus dem Fenster und rief ganz aufgeregt: „Es brennt, hier brennt's." Sofort waren in den Abteilen alle wach und liefen an die Fenster. Auf dem Gleis gegenüber unseres Zuges standen offene Loren. Aus den Rädern einer Lore züngelten bläuliche Flammen nach oben. Sollten sie das Holz der Lore erfassen, könnten sie auf unser Abteil übergreifen. Wieder wurde Mutter aktiv. Sie öffnete das Fenster und schrie sehr laut, so dass der Lokführer das hören konnte. Tatsache, er schob unseren Zug wieder rückwärts. Mir fielen auf einmal sehr viel Gleise auf. Später erfuhren wir, dass es Dresden war. Hatten wir ein Glück! Denn dadurch waren wir den Phosphorbomben im Februar 1945 entkommen.

Und weiter fuhr der Zug. In Annaberg im Erzgebirge mussten wir alle aus dem Zug. Die Aufteilung der vielen Menschen in die Wohnungen von fremden Leuten muss furchtbar gewesen sein. Wir hatten in einem Haus zwei kleine, schmale Zimmerchen bekommen. Im ersten Stock war unsere Küche. Da hielten wir uns auf. Zwischenzeitlich war auch ein Zwillingswagen da. Der stand mitten in der Küche. Hier lagen die kleinen Mädchen Tag und Nacht drin. In der zweiten Etage, über der Küche, die eine andere Mieterin bewohnte, befand sich der Schlafraum. Hier konnten wir auch durch eine Tür zu der Mieterin Frau Wenzel gehen. Sie war eine besonders nette Person.

Im nahegelegenen Wald kratzten wir mit den Händen Tannennadeln zusammen. Sonst war der Wald wie gefegt. Nichts fanden wir, weder Tannenzapfen noch ein Stückchen Holz, und wäre es noch so dünn gewesen. Wir hätten uns gefreut. Und plötzlich ein Knall. Uns blieb das Herz fast stehen. Hilmar und ich krochen vor lauter Angst unter den Zwillingswagen. Als wir den ersten Schreck überwunden hatten, sahen wir etwa zwei Kilometer am Rand des Waldes Feuer. Dort brannte eine Strumpffabrik lichterloh. „Und ausgerechnet an Hitler's Geburtstag," so meine Mutter. Also der 20. April.

Es war Anfang Mai 1945. Wir kauften gerade ein. Da fuhren plötzlich Panzer und eine Menge Militärfahrzeuge durch die Straßen, auf denen Russen saßen und uns zuwinkten. Mutter meinte, der Krieg sei jetzt aus. Aus den Fenstern der Häuser hingen weiße Tücher. Das hieß, wir ergeben uns.

In Annaberg war die Hungerkatastrophe ausgebrochen. Die Stadt war überfordert. Es gab nicht mehr ausreichend Nahrungsmittel für die Bevölkerung. Also mussten wir Flüchtlinge raus aus Annaberg. Die LKWs fuhren jeden Sonntag um 10.00 Uhr an einer bestimmten Stelle ab. Helga starb am 11. Juni und Ursula vier Wochen später. Trotzdem entschloss sich Mutter, am darauffolgenden Sonntag Annaberg zu verlassen.

Die LKWs kamen, luden die Habseligkeiten der Flüchtlinge auf. Wir wurden zum Bahnhof gebracht. Nun saßen wir wieder in einem Zug – tagelang. Auch hier ließ uns der Lokführer manchmal stehen, weil er einen anderen Auftrag bekommen hatte. Da strömten die Flüchtlinge in die nahe gelegenen Dörfer, um etwas zum Essen zu erbetteln, um uns kümmerte sich niemand. Wir Kinder blieben allein zurück.

Auf einmal kam die Lokomotive eher als gedacht zurück, koppelte die Wagen an und fuhr los. Die Flüchtlinge waren aber noch im Dorf, auch meine Mutter. Ich erschreckte und schrie und schrie. Es nützte nichts. Eine unheimliche Angst packte mich. Wer beschützt uns jetzt?

In Wittenberg mussten wir raus. Und plötzlich war die Mutter wieder da. Wo sie herkam, erfuhr ich nie. Wir lagen in der Bahnhofshalle auf Stroh. Wie die Kühe im Stall. Einer neben dem anderen. Zum Glück war es warm. Lag ich auf dem Stroh, konnte ich den Himmel sehen. Das Dach war wegbombardiert. Zum Essen gab es einmal Futterrübenblätter. Wo Mutter sie nur her hatte mitten in der Stadt? Daraus wurde Spinat gekocht. Mit Ziegeln baute Mutter eine Kochstelle. Brennzeug wird herumgelegen haben.

Es ging weiter. Nun sammelten sich die Flüchtlinge zu einem Pulk. Es wurde getreckt. Eine Schlange von Menschen, groß und klein, zog los. Wohin? Keine Ahnung. Damit auch alle mitkamen, ging es nur langsam voran. Wir hatten nun zwei Kinderwagen und brauchten nichts mehr tragen.

Liefen wir durch ein Dorf, gingen wir Kinder in die Bauernhöfe oder in die Häuser, um eine Schnitte Brot zu erbetteln. Manchmal gab es auch nichts. Wir treckten ca. zwanzig Kilometer in Richtung Torgau.

In Priesitz bei Pretzsch, einem hundertfünfzig-Seelendorf, hielt der Treck. Sehr lange standen wir Flüchtlinge erschöpft und hungrig auf der Dorfstraße vor dem Bürgermeisterhaus. Dann wurden wir in die Bauernhöfe eingewiesen.

Alle Flüchtlinge hatte der Bürgermeister nicht unterbringen können. Laut Archiv von Priesitz waren es einhundertfünfzig Leute, groß und klein, die eine Bleibe bekommen hatten. Die restlichen Flüchtlinge zogen zwei Kilometer weiter nach Sachau.

Meine Mutter musste sich mit einer fremden Frau, die zwei Mädchen hatte, ein größeres Zimmer teilen. Allerdings erhielten wir zum Schlafen ein kleines Zimmer. Darin standen zwei große

Bettgestelle übereinander, Tisch und Stühle und ein Schrank. Das war nun unser Rückzugsort.

In der Zwischenzeit wurde auch die Zeitung zum Alltag. Eine Zeitung ging von einer Flüchtlingsfamilie zur anderen. Das Rote Kreuz hatte laufend in den Zeitungen die Namen der Rückkehrer vom Krieg und Suchenden geschrieben. Man las, wer wo war und wer gesucht wird. Dadurch haben wir die Tanten und Onkels mit den Kindern wieder gefunden. Diese waren alle in Westdeutschland gelandet. Weil sie nicht in Breslau wohnten, wurden sie in andere Züge gesteckt.

Mein Vater saß in dem Zug Weißenfels – Merseburg – Halle/Leipzig. An den Haltestellen Leuna Nord, Leuna Süd las er an Plakaten, dass Maler bzw. Anstreicher gesucht wurden. Er stieg aus und kam in das Lager West in Leuna. Diese Baracken wurden für die Monteure, die auch vor dem Krieg von überall herkamen, gebaut. Hier teilten sich die Männer zu viert oder zu fünft ein Zimmer. Arbeit gab es in Leuna genug, denn das Leuna-Werk war schwer bombardiert worden.

In der Zeitung las er, dass eine meiner Tanten die Verwandtschaft suchte. Sofort meldete er sich und erfuhr so, wo wir waren. Durch Umwege haben wir unseren Vater wieder gefunden. Vier Jahre lang pendelte mein Vater wöchentlich zwischen Leuna und Priesitz.

Mein Bruder Klaus, der von Breslau auf das Land geschickt worden war, treckte mit einem Bauern und seiner Familie aus Bartnik mit dem Pferdefuhrwerk bis Karlsruhe. Dort kam er in ein Kloster in Ettlingen, in dem ca. 200 Kinder untergebracht waren. Unsere Mutter hat ihn durch das Rote Kreuz wiedergefunden. Man hatte Klaus in den Zug gesetzt, und Mutter holte ihn in Leipzig vom Bahnhof ab. Das war 1946, eine Woche, nachdem der Vater wieder bei uns war.

1951 zogen wir nach Leuna und kamen endlich zur Ruhe.

Von der Schulbank – in die Pharmaforschung

Es war 1955 in Oberursel. Parallel zu meinen Lern- und Vorbereitungsarbeiten für die Abschlussprüfung Mittlere Reife entstanden im Familienkreis interessante Diskussionen um meine Berufswahl. Besonders die Eltern brachten das Thema immer wieder auf den Tisch. Immerhin, es war ja Mitte der fünfziger Jahre. Das wirtschaftliche Umfeld zehn Jahre nach dem zweiten Weltkrieg verbesserte sich zusehends, aber es wurden immer noch die Strümpfe gestopft, und ich musste getragene Schuhe meiner Tante anziehen sowie ihre Reithose und die ohne Schlitz, für Frauen zum Aufknöpfen. Es war mir peinlich, so in die Schule gehen zu müssen, aber Mutter sprach mir immer wieder gut zu und meinte, es sei in Ordnung so, und ich sei ordentlich angezogen.

Nun, zurück zur Berufswahl. Mir gingen natürlich einige/mehrere Vorschläge durch den Kopf: Kaufmann, nein, das erinnerte mich zu sehr an Tante Klaras Laden, wo ich in den Ferien Zucker und Mehl aus großen Säcken abgefüllt und abgewogen hatte. Polizist, nein, da stand man auf einer Kreuzung und regelte den Verkehr, atmete schlechte Luft ein. Ins Hotelfach, ja das wäre vielleicht was, da könne man sich hocharbeiten bis zum Empfangschef, meinte mein Vater. Ich sei ja ein netter Junge mit guten Manieren und das sei eine gute Voraussetzung für den Umgang mit Hotelgästen.

Schließlich kam der befreundete Zahnarzt zu Besuch und wurde in das Thema eingebunden. Er schlug vor: Chemielaborant, das sei ein Zukunftsberuf. Da ich, wie mir ein damaliger Schulkamerad sagte, „gut" war in Chemie, bewarb ich mich schließlich bei den Farbwerken Hoechst. Meine Bewerbung wurde positiv aufgenommen, und man lud mich zu einer zweitägigen Eignungsprüfung ein. Das war ganz schön spannend. Ich musste mich mit etwa zwanzig Jungen dem sogenannten Intelligenzstrukturtest (IST) nach Dr. Amthauer unterziehen. Wir hatten z.B. in einem simulierten Labor unter Beobachtung drei Dinge gleichzeitig zu erledigen. Am zweiten Tag wurde ich von Kopf bis Fuß ärztlich untersucht. Jetzt waren es richtig spannende Wochen.

Doch dann erhielt ich einen Lehrvertrag für dreieinhalb Jahre als Chemielaborantenlehrling mit einer Vergütung im ersten Jahr von 60,-- DM, im zweiten Jahr 75,-- DM, im dritten Jahr 90,-- DM und im vierten Jahr 120,-- DM pro Monat.

Mein Weg zur Arbeit betrug ca. eine Stunde. Ich fuhr mit der Bahn von Oberursel nach Rödelheim, dann mit der Linie 55 bis zu den Farbwerken Hoechst, Tor Ost. Man arbeitete damals noch sechs Tage pro Woche, samstags nur einen halben.

Es war eine interessante Ausbildung. Heute sage ich, vielleicht das beste Rüstzeug für mein weiteres Leben, praktisch, lehrreich. Ein Laborant muss Vieles können, mit allen möglichen Werkstoffen umgehen und jede Situation meistern. Denn Chemie ist da, wo es knallt und stinkt.

Wir Lehrlinge kamen in die Werkschule zur Grundausbildung. Wir erhielten Berufskleidung, einen blauen Arbeitsanzug mit Jacke und Hose, zweimal. Jeder einen kleinen Spint mit Schloss im Umzugsraum. Es gab sogar täglich Kaffee in großen zehn-Liter-Kannen zum Frühstück.

Eine dreimonatige Grundausbildung begann: morgens theoretischer Unterricht in einem Klassenraum, nachmittags Laborpraktikum. Jeder hatte etwa eineinhalb Meter Labortisch mit Einrichtung wie Brenner, Stative, Muffen, zur Verfügung. Wir lernten Putzen und Spülen, Metallbearbeitung, Glasbläserarbeiten, Destillieren, unbekannte Substanzen analysieren, den „Trennungsgang". Ja sogar zwei Wochen Werkschreinerei gehörten zur Grundausbildung. Als fast grotesk empfand ich, dass wir das Glasgeschirr der Lehrlinge, die sich im vierten Ausbildungsjahr befanden, also in der Abschlussausbildung, spülen mussten. Nach meiner Grundausbildung ging mein Ausbildungsweg weiter, indem ich alle drei Monate in ein anderes Labor versetzt wurde und dort mitarbeitete.

Mein erstes Labor war die Parasitologie/Bakteriologie. Ich lernte die Erreger der afrikanischen Schlafkrankheit kennen, der Auslöser bei Rindern, bei Menschen. Trypanosomen, Brucellen, etc. Ich kam aus dem Staunen nicht mehr heraus. Es war äußerst interessant. Manchmal hatte ich Schwierigkeiten, das alles zu verarbeiten, ja zu verstehen.

Die Lehrmeister, also andere Laboranten und Fachwerker, waren in ihrem Metier fit, und dagegen musste ich manchmal schnell fachliche Dinge verstehen lernen. In all diesen Laboren durfte ich einen weißen Kittel tragen, was ich als ganz toll empfand. Ich war richtig stolz, denn es war ein sichtbarer Fortschritt nach dem „Blaumann".

Meine zweite Stelle, ebenfalls in der Parasitologie, war ein echter Hammer. Hier gab es speziell markierte, infizierte Schafe und Rinder. Man musste ihnen einzeln Kot entnehmen, diesen anrühren, zentrifugieren und unter dem Mikroskop die Eier und Zysten zählen, um den Stand der Infektion nach der Gabe von Arzneimitteln zu erfahren, richtige Pharmaforschung! Die Frage war: Wirkt ein Präparat oder nicht?

In einem weiteren Labor gab es hunderte von Mäusen, die alle infiziert waren. Um den Stand der Infektion nach Medikamenten-Behandlung zu testen, musste man ein "Fitzchen" vom Schwanz abschneiden, etwas Blut auf einen Objektträger bringen und mikroskopisch den Stand der Infektion feststellen. Ich schaffte bald, wie andere Laboranten, einhundert bis einhundertfünfzig Mäuse am Tag zu untersuchen.

Eine weitere Ausbildungsstelle war das pharmakologisch-chemische Labor. Dort arbeitete man nicht mit Tieren, sondern praktizierte richtige Chemie mit Apparaturen etc., offen und klar die teure Einrichtung. Es wurden nur Körperflüssigkeiten untersucht, also Blut, Urin und alles ging picco bello sauber zu mit tollen Apparaten, High Tech der 1960er Jahre. Spektralphotometer, Chromatographen, Flammenphotometer und andere hochtechnische Geräte zum Nachweis der Abbauprodukte von Arzneimitteln in den Körperflüssigkeiten der Versuchstiere.

Erst nachträglich erfuhr ich von der Entwicklung eines berühmten Diuretikums, nämlich Lasix, das heute noch erfolgreich angewendet wird und für das ich die gesamte Kinetik erarbeitet hatte. Es wurde ein „Blockbuster", ein Präparat, das mehr als eine Million DM Umsatz machte. Meine Vorgesetzten Dr. Haidu, Dr. Häusler und Dr. Muschawek, wurden mit dem Erfolg von Lasix befördert und Direktoren. Nach insgesamt fünf sogenannten Lehrlings-Praktikumsstellen kam ich in den letzten drei Monaten endlich wieder in die Werkschule zur Abschlussausbildung. Wenn man hier aufpasste, konnte man doch vielleicht ahnen, welche Prüfungsfragen bei der Abschlussprüfung vor der IHK in Frankfurt gestellt würden. Die Spannung stieg, die schriftliche Prüfung kam. Der praktische Teil wurde im Labor bei der Hoechst AG abgelegt. Auch eine kurze mündliche Prüfung vor einer Kommission musste noch bewältigt werden. Endlich – das Resultat: Note „gut" theoretisch, Note „gut" praktisch. Ich war glücklich. Als Belohnung erhielt ich einen Anstellungsvertrag zum 01.10.1959 mit einem Gehalt von 420,-- DM pro Monat, 20,-- DM mehr wegen der Prüfungsnote „gut"!

Ich blieb noch vier Jahre Laborant in der Abteilung Pharmakologie. In dieser Zeit gab es für mich noch zwei bedeutende

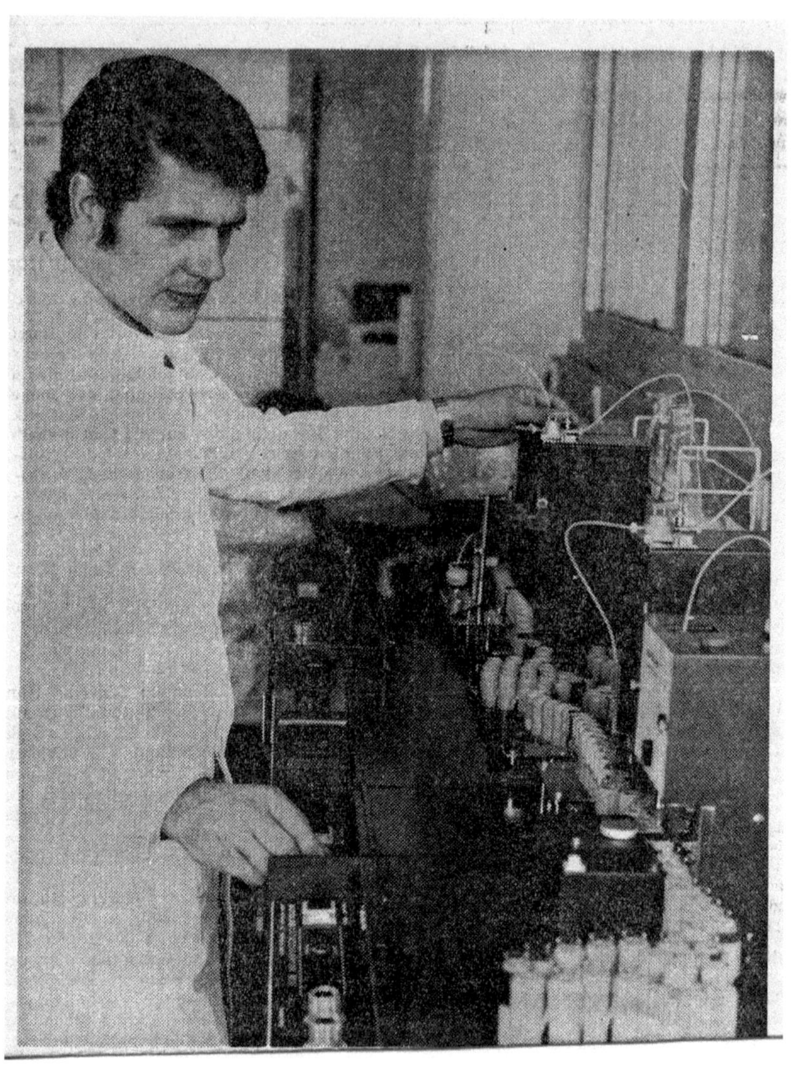

Ereignisse. Ich machte erstens einen Verbesserungsvorschlag für die Durchführung von Dialysen zur Bestimmung der „Eiweißbindungskapazität" von Arzneimitteln. Es wurde eine entsprechende Apparatur gebaut und ich erhielt einen Geldpreis von 300,00 D-Mark.

Und zweitens, da die produzierten Insulinchargen geprüft werden mussten, fielen tausende von Blutzuckertests an. Dafür produzierte die Firma Technicon eine Neuentwicklung in der Automatisation der klinischen Chemie, den „Auto-Analyser". Ich hatte das Privileg, dieses Gerät einzuführen und routinemäßig zu bedienen. Dies sollte mir später in meiner beruflichen Karriere sehr zum Vorteil werden.

Dann entschied ich mich, Technischer Assistent zu werden an der Freien Universität (FU) Berlin, am Physiologischen Institut, denn als Angestellter der FU hatte ich die Möglichkeit, kostenlos die Vorlesungen zu besuchen und mich so weiterzubilden.

Es war ein mutiger Entschluss, jedoch aus heutiger Sicht der richtige. Er hat sich gelohnt.

Von Hoechst über Berlin nach Cleveland

Sonnenwende, 21. Juni 1963, einen Tag nach meinem dreiundzwanzigsten Geburtstag. Ich wachte morgens gegen fünf Uhr auf und konnte nicht wieder einschlafen. Wie sollte es ohne akademische Ausbildung weitergehen mit meinem beruflichen Fortkommen bei den Farbwerken Hoechst?

Eigentlich war ich recht zufrieden mit dem Erreichten und meinem Status. Es hatte gerade ein denkwürdiges Ereignis stattgefunden, nämlich das hundertjährige Bestehen der Farbwerke Hoechst und ich durfte mitfeiern. Die Jahrhunderthalle in Frankfurt wurde eingeweiht und jeder Mitarbeiter mit Aktien bedacht. Ich bekam zwölf entsprechend meiner sechsjährigen Firmenzugehörigkeit. Ich, der kleine Oberurseler Laborant, wurde Aktionär! Ich war stolz. Mutter redete mich manchmal scherzhaft an: „Herr Aktionär." Von nun an gab es auch jedes Jahr im Mai Dividende, immer um die fünfzig bis einhundert Deutsche Mark, worüber ich mich sehr freute. Mein Gehalt betrug damals vierhundertfünfzig Deutsche Mark. Damit konnte man ganz gut leben. Auch gelang es mir, davon sogar etwas zu sparen. Inzwischen hatte ich das Goggomobil gegen einen gebrauchten VW mit großem Rückfenster eingetauscht. Ein tolles Gefährt. Innen kuschelig und elegant mit rot-weißen Sitzbezügen.

Auch ein dramatisches Stück Vergangenheit lag hinter mir. Ich machte mir Gedanken, wie es mit der Familie weitergehen könnte. Vater war 1958, also fünf Jahre zuvor, plötzlich innerhalb von drei Monaten verstorben. Trotz allem brachten wir die Familie mit Lederwaren-Reparaturen durch, die meine Schwester Hedi und ich mit der Unterstützung eines Sattler-Freundes meines Vaters ausführten und die uns zu zusätzlichen Einnahmen verhalfen. Meine Schwester Gundi hatte auch einen Beruf als Steuergehilfin erlernt. Barbara, zehn Jahre alt, ging noch zur Schule. Mutter hatte einen Halbtagsjob neben ihrer Rente. Jeder trug seinen Teil zur Familienkasse bei, und wir konnten dank Management unserer Mutter gut leben. Ich hatte sogar ein eigenes kleines Zimmer mit meinem ersten Schreibtisch, der vorher im Bad stand.

Im Sommer 1963 besuchte mich mein lieber Freund Gerhard Rumrich in Oberursel. Ein Ex-Kollege, ebenfalls Laborant bei Hoechst. Er kam aus Göttingen, wo er seit einem Jahr im Max-Planck-Institut bei Professor Ullrich eine Stellung als Technischer Assistent innehatte. Sehr zufrieden, für mich sogar spannend, erzählte er von seiner Anstellung.

Mikropunktion nannte man die Technik. Selbständige Einteilung der Arbeit, ungefähr gleiche Bezahlung, nicht mehr in einer Fabrik, sondern in einem sauberen Institut, auch mit weißem Kittel. Er schwärmte von seiner Arbeit und stellte in Aussicht, dass sein Chef, Professor Ullrich, einen Ruf an die Freie Universität Berlin erhalten hatte und dort einen weiteren Technischen Assistenten suche. Ja, mein Freund Gerhard meinte sogar, ich sei bestens dafür geeignet und solle mich bewerben! Jetzt war ich gefordert. Sollte ich dieses schöne, etablierte, ruhige Leben in meiner Heimatstadt Oberursel mit Freunden, Familie und sicherer Stellung aufgeben – kündigen – nach Berlin ziehen – in die geteilte Stadt.

Unruhige Nächte, Diskussionen mit Freunden folgten – was sollte ich tun? Ich war ledig, meine Familie hatte ihr eigenes funktionierendes Leben und Berlin schien mir attraktiv. Als Angestellter der Universität würde ich mich immatrikulieren und dann auch Student sein und mein Wissen erweitern können. Also bewarb ich mich.

Nach wenigen Tagen erhielt ich eine Einladung zum Vorstellungsgespräch bei Professor Ullrich an der Freien Universität Berlin. Ich flog mit der PAN AM. Infolge des Vier-Mächte-Status konnten außerdem nur noch British Airways und Air France nach Berlin fliegen. Das Interview verlief sehr positiv, und am Abend besuchte ich noch das Musical „My Fair Lady" im Theater des Westens.

Es folgten weitere Tage der Überlegung. Erneut plagten mich Zweifel. Sollte ich meine sichere Stellung wirklich aufgeben? Meine vertraute Umgebung, Freunde und Familie verlassen? Ich musste es wagen und kündigte meinen Vertrag bei meinem Arbeitgeber Farbwerke Hoechst AG. Onkel Franz in Bad Soden/Taunus opponierte, er konnte es nicht fassen, dass man so eine „Lebensstellung" aufgibt. Meinen damaligen Vorgesetzten leuchteten meine Argumente zur beruflichen Weiterbildung ein – und welch ein Glück, sollten meine Erwartungen nicht erfüllt werden, könne ich zurückkommen und wieder bei den Farbwerken Hoechst arbeiten. Das beruhigte mich sehr. Ich war dreiundzwanzig Jahre alt mit einer Ausbildung als Chemie- und Biologielaborant und einem guten Zeugnis. Ich hatte eigentlich nichts zu verlieren!

Weihnachten und Silvester verbrachte ich noch mit meiner Familie in Oberursel aber am dritten Januar 1964 ging es los. Mein VW war mit all meinen Sachen vollgepackt. Kleidungsstücke, kleine persönliche Gegenstände, ein Koffer voller Bücher. Die Fahrt lief problemlos durch die DDR bis zur Grenzstation Eingang West-Berlin. Hier wurde ich gestoppt und sollte „rechts ran" fahren. Ein DDR-Beamter forderte mich auf auszusteigen und meine Papiere vorzuzeigen. Ja, es ging sogar weiter mit einer intensiven Befragung, was ich in Berlin West vorhätte... Schließlich wurde ich aufgefordert, all meine Koffer und Gegenstände auszuladen und in eine nahe gelegene Baracke zu bringen. Ein Zollbeamter unterzog mein Gepäck einer eingehenden Kontrolle.

Der Koffer mit Büchern interessierte ihn besonders. Unglücklicherweise fand er das Taschenbuch „Der Aufstand des 17. Juni 1953", welches eine lebhafte Diskussion mit mir auslöste. Das kostete mich zusätzlich mindestens eine Stunde, bis ich schließlich aufgefordert wurde, das gesamte Gepäck wieder einzuladen und die Erlaubnis erhielt weiterzufahren. Mein Termin, um siebzehn Uhr meinen neuen Chef zu treffen, war geplatzt. Ich rief meinen Freund in West-Berlin an, der mich später in seiner kleinen Wohnung herzlich begrüßte. Am nächsten Tag meldete ich mich dann bei meinem neuen Arbeitgeber im Physiologischen Institut der Freien Universität Berlin. Man zeigte mir meinen neuen Arbeitsplatz im Labor und ein Gästezimmer des Instituts, das mir vorerst zur Verfügung stand, bis ich eine Wohnung finden würde.

Das Physiologische Institut der Freien Universität lag in Berlin Dahlem − ein neues Gebäude, in Verbindung mit dem Physiologisch-Chemischen Institut und einem Hörsaalgebäude. Direkt gegenüber das Dahlemer Museum mit dem Original Prunkstück, der Nofretete aus Ägypten. Ich sollte sie später auf meinen Spaziergängen in der Mittagspause noch oft besuchen, denn sie faszinierte mich immer wieder von neuem.

Die Atmosphäre im Institut war sehr angenehm. Moderne Räumlichkeiten, wenige Mitarbeiter, Gast-Doktoranten und Studenten. Mir schien, hier gedieh Forschung in Ruhe.

Nun aber zu meiner neuen Arbeit. Meine vorherige Tätigkeit bestand hauptsächlich in der Analyse von Substanzen im Makrobereich, es ging also um Milliliter oder Millimeter. Jetzt wurde im Mikrobereich gearbeitet, wo es sich um Nanoliter und Nanometer handelte. Eine echte Herausforderung! Mikropunktion an der Rattenniere wurde mit Glasspitzen, handgefertigt mit einer Spitze von circa 0,5 bis 0,7 Mikrometer, unter dem Mikroskop durchgeführt.

Die Nierenkanälchen, proximale und distale Tubuli, waren circa zehn bis fünfzehn Mikrometer im Durchmesser und mussten angestochen werden, ohne sie zu verletzen, ja sogar perfundiert werden. Geführt wurde mit Mikromanipulatoren, manchmal von rechts und links unter dem Mikroskop an der fixierten Rattenniere. Eine feine Technik, die trotz Mikromanipulatoren eine ruhige Bedienungshand erforderte. Nach einigen Wochen Erfahrung gelang mir die Technik der Mikropunktur. Ja, ich glaubte, immer besser zu werden, Routine und Sicherheit zu erreichen.

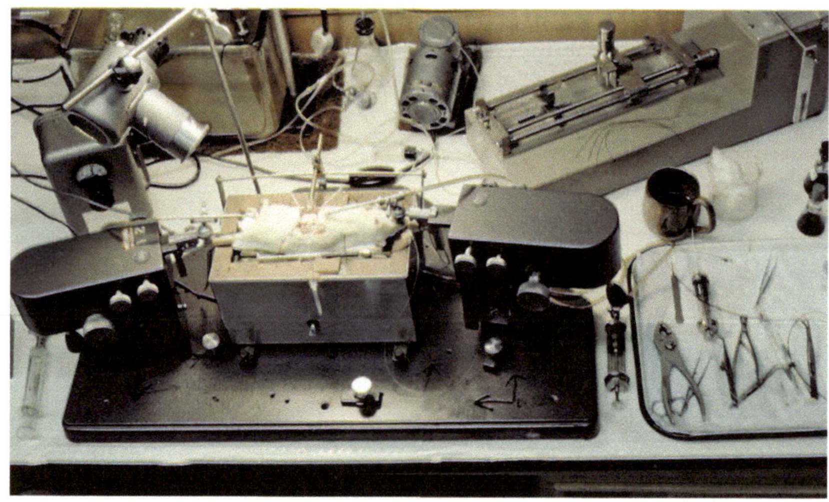

OP-Tisch — Mikropunktion an der Rattenniere

Die Abende und Wochenenden verbrachte ich damit, Berlin zu erkunden. Schnell stellte ich als „freier Hesse" fest, dass ich in einer großen, jedoch durch die Mauer geteilten Stadt lebte. Die Sehenswürdigkeiten Berlins, Opernaufführungen, Konzerte in der Philharmonie, Besuche im Café Kranzler, im Resi's − ausgestattet mit Tischtelefonen − waren neue, beeindruckende Erlebnisse, die ich sehr gerne wahrnahm.

140

Die Wohnungssuche gestaltete sich relativ schwierig. Doch endlich fand ich ein schönes, geräumiges Zimmer zur Untermiete bei einer jungen Witwe in der Nürnberger Straße, fünf Minuten entfernt von der Gedächtniskirche. Ich renovierte das Zimmer und brachte eine Sperrholzplatte zum Wohnzimmer meiner Wirtin an, um mehr Privatsphäre herzustellen. Nun fühlte ich mich wohl, ich konnte kommen und gehen, wann ich wollte. Das Badezimmer musste ich allerdings mit meiner Wirtin teilen. Nach Absprache war dies kein Problem, aber keine hundertprozentig befriedigende Situation, sodass die Sehnsucht nach einer eigenen kleinen Wohnung blieb. Ich fand sie nach ungefähr einem Jahr im Stadtteil Berlin-Moabit: Eine eigene kleine Wohnung – zweiter Hinterhof, Parterre. Die Besitzerin, eine sympathische, echte Berlinerin, war mit ihrer Großzügigkeit ein wirklicher Glücksfall. Die Wohnung war möbliert, mit allem Küchenzubehör ausgestattet und kostete zweihundertfünfzig Deutsche Mark – ein Schnäppchen, wenn man von der Einfachheit der Gegend und des Gebäudes absah, jedoch eine praktische Bleibe für einen Junggesellen. Ich war zufrieden.

Zurück zu meiner Arbeit an der Universität: Ich traf im Institut Gast-Doktoren, die ein begrenztes Forschungsprojekt bearbeiteten. Professor Ullrich – später traf ich einige seiner Studenten an der Frankfurter Universität – war in der Human-Physiologie als „Nieren-Ullrich" bekannt und inzwischen international anerkannt. Viele Wissenschaftler kamen, um mit ihm ihre Grundlagenforschungs-Projekte zu bearbeiten. So lernte ich unter anderem Forscher aus den Vereinigten Staaten, San Salvador und England kennen. Die Vorlesungen im benachbarten Hörsaal von Professor Ulrich waren besonders beliebt und interessant. Es war ein Privileg für mich, als Angestellter der Universität diese und andere Vorlesungen für Medizin-Studenten zu besuchen, da ich praktisch immatrikuliert war. Das hier erworbene Wissen würde mir später noch weiterhelfen. Doch jetzt – im Juni 1965 – sollte das Drehbuch für mich weiter positiv geschrieben werden.

Eine Dänin, Professor Schmidt-Nielsen, kam mit ihrem Assistenten zu einem dreimonatigen Forschungsaufenthalt an unser Institut nach Berlin. Wir arbeiteten mit Privat-Dozent Dr. Gertz zusammen, unterstützt und finanziert durch das National Institute of Health in Washington. Es war eine positive Zusammenarbeit, man würde heute sagen eine Win-Win-Situation für alle Seiten. Die Arbeiten wurden im Pflügers Archiv publiziert, und ich wurde als Co-Autor genannt. Bei Hoechst-Publikationen stand immer nur „mit technischer Assistenz von D. Pagel."

Am Ende der gemeinsamen Forschungszeit fragte mich Frau Professor Schmidt-Nielsen, ob ich Interesse hätte, eine Zeitlang nach USA zu kommen, um eine Forschungsstätte, ähnlich ausgestattet wie die in Berlin, mit ihr an der Case Western Reserve University in Cleveland/Ohio einzurichten und mit ihr zusammenzuarbeiten. Das war die Chance meines Lebens. Welch eine Möglichkeit in die USA zu kommen – mein lang gehegter Traum! Dazu noch mit Teilzeit-Vertrag und Bezahlung, damit noch genügend Zeit zum Studieren blieb. Ich konnte es kaum fassen, welch ein Zufall und welch einmalige Gelegenheit sich mir da bot! Dies alles war mir vergönnt, weil ich die Technik der Mikropunktion beherrschte – was Professor Ullrich in meinem Arbeitszeugnis bestätigte – und sie im Institut der Universität einführen sollte.

Ich arbeitete zunächst weiter am Institut und belegte aber einen Abendkurs an der Volkshochschule, um meine Englischkenntnisse zu erweitern, sozusagen als Vorbereitung für die USA. Nun ging alles rasend schnell. Ungefähr zwei Monate, nachdem Frau Professor Schmidt-Nielsen abgereist war, erhielt ich eine Offerte der Universität in Cleveland/Ohio, die ich mit großer

142

Freude annahm. Im Juni 1965 flog ich mit zwei Koffern über
New York nach Cleveland. Ich blieb viereinhalb Jahre in den
USA und kam zurück mit einem Studienabschluss in Medizin-
Technik, eine exzellente Basis für meine spätere Berufstätigkeit.

Die Diagnose

Doch dann kam im Juli letzten Jahres der Schock! Jetzt, da sich in meinem Leben äußerlich alles entspannt hatte. Ein positiver Befund: **Brustkrebs**.

Ich, nein, ich bekomme keinen Krebs. Ich bin nicht der Typ, der Krebs bekommt, vielleicht ein Magengeschwür, aber keinen Krebs. Ich bin viel zu robust, um Krebs zu bekommen.

Nach und nach durchströmte mich das Bewusstsein, was es bedeutet, die Diagnose Krebs zu haben. Mir wurde klar, dass dieser Befund kein Spaß ist. Ich fiel in ein tiefes Loch.

Wieso ich? Warum? Ich habe doch immer alles getan, was möglich war. Ich habe doch immer allen mein Bestes gegeben. Ich zog mich ganz in mich zurück, wie ich es immer tue bei den ganz wichtigen Ereignissen in meinem Leben.

Ich ließ mein Leben Revue passieren und eine tiefe Traurigkeit überkam mich. Meine Endlichkeit wurde mir plötzlich bewusst. Bis jetzt hatte ich in meiner Vorstellung immer noch eine lange Zeit vor mir. Ein Ende meines Lebens kam mir einfach noch nie in den Sinn. So viele Dinge, die ich in meinem Leben noch machen wollte, die ich noch erfahren wollte und zu denen ich im Lauf meines Lebens bisher nicht gekommen bin, kamen wieder in mein Bewusstsein.

Sollte das alles gewesen sein? All die Abenteuer, all das Leben, all die Entdeckungen, all die Ekstase, die das Leben zu bieten hat, sollte ich die jetzt nicht mehr erleben? Hatte ich alles verspielt?

Ich wollte alles erleben, übersprühen vor Freude und Glück, jede Zelle meines Körpers spüren, ich wollte einfach lebendig sein, das, was unser aller Geburtsrecht ist.

Das was ich als Kind fühlte und auch noch als Jugendliche wusste, dass das Leben eben mehr ist als arbeiten und Geld verdienen, als Familie zu haben und Kinder großzuziehen, als Anerkennung im Beruf und Status zu erlangen, an all das kam die Erinnerung jetzt wieder. Zwar war es mir seit Jahren bewusst, doch gelebt hatte ich immer in den engen Grenzen dessen, was mir vermeintlichen Rückhalt gab.

Allein mein fehlendes Vertrauen in mich brachte mich dazu, den Weg der kleinen Sicherheit zu gehen. Ich nannte sie so, weil sie rein äußerlich war. Doch der Einsatz, den sie forderte, hatte ganz entscheidende Auswirkungen auf mein Leben. Es war ein Über-Leben, das vorausplanbar und überschaubar war, geprägt von Unsicherheit und Angst vor dem ekstatischen Leben mit seinen Überraschungen.

Niemand hatte mich gezwungen diesen Weg zu gehen. Und das war der wirklich entscheidende Punkt, zu erkennen, dass ich allein diese Entscheidung getroffen hatte und damit nur ich mich selbst und niemanden und nichts, auch keine Umstände dafür verantwortlich machen konnte, dass ganz allein ich für mein Leben verantwortlich war.

Diese kleine Sicherheit war der Preis für das nicht ausgelebte Leben, ein Preis, den ich über all die Jahre gezahlt hatte.

Ich will mich selbst nicht verurteilen, denn dieser Weg rührte aus meiner persönlichen Geschichte und dem fehlenden Mut, neue, unbekannte Wege zu wagen. An alten Verhaltensmustern festzuhalten barg keinerlei Risiko. Du drückst auf einen Knopf und weißt, welches Türchen aufgeht. Es war wie beim Kreuzworträtsel. Zum hundertsten Mal vertrieb ich mir die Zeit damit, wieder und wieder dieselben Begriffe zu suchen, die in Wirklichkeit keine Herausforderung mehr waren. Und dennoch gab es mir das Gefühl, etwas Sinnvolles zu tun. Später konnte ich die Sinnlosigkeit dieses Tuns sehen.

Doch letzten Endes erkannte ich, dass ich all die vielen Jahre mich selbst betrogen hatte. Glücklicherweise, und sei es durch meine Krebsdiagnose, erkannte ich einen Zusammenhang. Auch wenn ich vor vielen Jahren einen Ausbruch aus einem sicheren Leben wagte und einen kleinen Einblick in ein Leben voller Lebendigkeit erleben durfte, so hatte ich damals doch nicht den Mut, wirklich ins Ungewisse zu springen und ein ekstatisches, pralles Leben zu leben und kehrte zurück in die mir wohl bekannte kleine Sicherheit.

Später sah ich klarer. Auf was wollte ich warten, was hinderte mich? Wenn ich die Endlichkeit meines Lebens nun so drastisch vor Augen geführt bekam, was hinderte mich jetzt daran, aus meinen Grenzen auszubrechen? Jemand sagte: Und wenn du nur einen Tag wirklich gelebt hast, dann hat es sich gelohnt.

Wie als Jugendliche und als junge Frau, die ich damals schon Brustknoten hatte, die allerdings alle gutartig waren, ließ ich mich auch dieses Mal sofort operieren. Damit begann die Medizin, den Weg meines Lebens drastisch zu beeinflussen oder besser gesagt, wollte dies tun.

Ich beschäftigte mich mit dem Thema Krebs und bekam von vielen guten Freunden und vor allem von meiner lieben Seelenschwester Diana zum richtigen Zeitpunkt die richtigen Informationen, Literatur über Krebs, über die Hintergründe und die möglichen Ursachen.

Da ich mich auch früher schon mit Naturheilverfahren und Energie auseinandergesetzt hatte, war das für mich kein absolut neuer Weg. Mich interessierten und faszinierten diese Informationen total. Nun, da ich selbst betroffen war, saugte ich die Literatur zum Thema Krebs auf. Nicht nur die körperlichen Entstehungsmöglichkeiten, nein, auch die psychischen Hintergründe, die zur Entstehung von Krebs führten, verschlang ich gierig. Das Thema Krebs hatte ich zuvor immer von mir gewie-

146

sen, auch durch die beruflichen Erfahrungen im Krankenhaus. Dort erlebte ich einige Krebspatienten sehr leidvoll und geschwächt. Sie gaben ihre Verantwortung an die Medizin ab und wollten unendliche Zuwendung für ihre elende Situation. Das schreckte mich schon immer ab.

Eine für mich sehr schmerzhafte Biopsie, bei der eine Gewebeprobe mittels einer Sonde aus dem Tumor entnommen wurde, stellte einen Nachweis von Krebszellen bei mir fest. Diese Nachricht riss mir den Boden unter den Füßen weg und eine innere und äußere Schockstarre bemächtigte sich meiner. Ich gab trotzdem nicht auf und suchte nach Alternativen. Ich fand den OET, den Optischen Erythrozytentest, und den HCG-Test, die in der Medizin nicht besprochen wurden. Beide konnte ich nur im privaten Rahmen erkunden. Ich entschied mich nach Erhalt der Diagnose für eine sofortige operative Entfernung des Tumors.

Danach wurde mir eine Bestrahlung und eine Chemotherapie, sowie eine Behandlung mit Hormontabletten empfohlen. Man sagte mir, eine Bestrahlung sei ganz harmlos, es werde nur die Stelle bestrahlt, die betroffen sei. Das funktioniere heute mit den neuesten Geräten sehr punktgenau. Doch welcher Punkt sollte bestrahlt werden, da der Tumor schon entfernt war? Gleichzeitig kam die Mitteilung, dass möglicherweise meine Lunge gestreift werde, da ich ja während der Bestrahlung atmen müsse. Die Medizin verwirrte mich und ich lehnte eine Bestrahlung daraufhin ab. Ich suchte weiter nach einer Behandlung, die mir schlüssig erschien.

Eine Chemotherapie sollte vorsorglich gemacht werden. Welche Vorsorge meinte man? Wissenschaftlich bewiesen ist, dass das Immunsystem bei einer Krebserkrankung geschwächt ist. Der Krebs ist eine Auswirkung des geschwächten Immunsystems. Wieso sollten nun außer den 2% meiner Zellen, nämlich die Krebszellen, die bereits operativ entfernt waren, darüber hinaus 98% meiner gesunden Zellen durch den Einsatz einer Chemotherapie unnötig belastet werden?

Man sprach von Zellfetzen, die durch die Blutbahnen vielleicht im Körper herumwandern und Metastasen bilden könnten. Ich verstand die Logik nicht. Bei Krebs ist es absolut wichtig, das Immunsystem zu stärken, um den Krebs abzuwehren und es konnte nicht darum gehen, die gesunden Zellen zusätzlich zu schwächen. Meine Verwirrung war riesengroß. Ich verstand, nachdem was mir von medizinischer Seite mitgeteilt wurde, all dies nicht mehr und konnte auf dem üblichen medizinischen Weg für mich keine Klarheit finden.

All die Aufklärungen bezüglich der vorgeschlagenen Therapien beinhalteten keine Garantie eines Erfolges, hingegen die Übergabe der Verantwortung an den Patienten für alles.

Da waren wir wieder beim Thema: Die Verantwortung für mich und all mein Handeln, die konnte nur ich übernehmen. Unter diesen Gegebenheiten entschied ich mich gegen eine vorsorgliche Chemotherapie.

Ich suchte nach weiteren Informationen zur Krebstherapie. Durch verschiedene alternative Beratungen wie die durch meine Heilpraktikerin, sowie durch die Gesellschaft für Biologische Krebsabwehr e.V. in Heidelberg und ein Informationsgespräch durch eine Beraterin des 3E-Instituts vergrößerte sich mein Informationsschatz.

Was sollte ich tun, welchen Weg sollte ich gehen? Es war eine Zeit innerer Zerrissenheit auf der Suche nach der für mich richtigen Entscheidung. Sollte ich doch den üblichen Weg der Medizin gehen? Schon viele Menschen sind diesen Weg gegangen und haben ihn für sich als richtig angesehen oder sollte ich den Weg meiner inneren Überzeugung gehen? Jeder kann nur für sich selbst den eigenen für sich richtigen Weg finden, um ihn in seiner Verantwortung dann zu gehen. Da waren wir wieder beim Thema: Die Verantwortung für mich und all mein Handeln, die konnte nur ich übernehmen. Ich forschte weiter und stellte fest, dass im April 1996 die Weltgesundheitsorganisation WHO die üblicherweise verschriebenen Hormontabletten für krebserregend erklärte. Sie stimulieren die Zellwucherung, indem sie die Zellen für die Wachstumswirkung von IGF, einem Wachstumshormon, sensibilisieren. Nach dieser Information lehnte ich auch die Behandlung mit Hormontabletten ab.

Ich war kein Experte auf dem Gebiet der Medizin. Da für die vorgeschlagenen Therapien niemand die Verantwortung übernahm und mir die Sachlage schlüssig erklären konnte, stellten sich mir immer wieder viele Fragen. Wollte ich mich dieser Prozedur aussetzen, zumal sie mir absolut nicht logisch erschien? Wollte ich meine noch intakten Zellen dieser Behandlung aussetzen? Wie sollte dadurch das Immunsystem gestärkt werden? Immer wieder Fragen um Fragen, deren Lösung sich nur puzzlehaft in kleinen Stücken zusammensetzte.

In meiner Entscheidungsfindung unterstützte mich meine langjährige Heilpraktikerin ganz fundamental und trug zu meinem endgültigen Weg letztendlich maßgeblich bei.

Nur ich alleine war verantwortlich für das, was ich an meinem Körper zuließ, niemand sonst. So oder so, die Verantwortung für mich hatte einzig und allein ich. Es war die Entscheidung an einer Weggabelung.

Es bedurfte immer wieder Mut, sich gegen die anerkannten medizinischen Ratschläge zu entscheiden, da sie sich wie ein Mantel, wie eine Wolke über mich legten und mir das Gefühl von Kleinheit vermittelten.

Die Frage: Wie willst du weiter gehen? blieb bestehen. Im Wissen der eigenen Verantwortung entschied ich mich, meinen Körper und meine Seele zu stärken anstatt sie zu schwächen.

Das war eine meiner wichtigsten und besten Entscheidungen auf meinem Lebensweg!

Ich ging auf die Suche nach einem Arzt, der mich darin unterstützte. Es folgten diverse Irrwege. Es gab einige Ärzte in meiner näheren Umgebung, die alternative Behandlungen anboten, jedoch ausschließlich auf privater Basis. Ich landete beim Psychoonkologen, wo eine Therapie nach zwei Monaten möglich gewesen wäre. Ich suchte weiter und bekam schließlich die Information, dass in Mecklenburg ein Diplom-Mediziner praktiziert, dessen Behandlung viele Parallelen zum 3E-Programm von Lothar Hirneise aufweist.

„Der Herr W. in Schönberg, der wäre was für Sie." Schließlich nahm ich Kontakt mit ihm auf. Sein Konzept in Hinblick auf eine Entsäuerung des Körpers, die Versorgung der Zellen mit Sauerstoff durch entsprechende Ernährung und körperliche Aktivitäten, und vor allem eine Ergründung und eine aktive Veränderung der krankmachenden Lebensumstände überzeugten mich im Hinblick auf die Unterstützung und Stärkung des Immunsystems und damit auf die Aussicht einer Gesundung.

Bei ihm fühlte ich mich als Mensch ernst genommen und als Patientin in meiner Selbstverantwortung als mündig akzeptiert. Ich entschied mich, diesen Weg zu gehen.

Herr W. unterstützte mich darin, Selbstverantwortung für mein Leben, für meinen Körper, für meine Seele zu übernehmen. Er begleitete mich viele Monate. Mit seiner, sowie der Unterstützung meiner Heilpraktikerin und der Übernahme meiner Verantwortung für mein Leben fand ich trotz der anfangs sehr verworrenen und unüberschaubaren Materie zur klaren eigenen Entscheidung, diesen Weg zu gehen. Damit fand ich zurück zur Genesung und zu einem gesunden und guten Leben.

Dafür danke ich beiden und all jenen, die mich dabei unterstützt haben, von ganzem Herzen.

Paulus *Ingrid*

Mein Weg ins Leben

Ein herrlicher Frühlingstag! Die Sonne strahlte und der Himmel leuchtete in einem tiefen Blau. Kein Wölkchen trübte den aufkommenden Tag. Es schien wohl der passende Tag, ein neues Leben zu beginnen.

„Ich glaube wir nehmen heute die Bahn", sagte meine Mutter zu meinem Vater, der sofort wusste, was das bedeutete.

Damals im Jahr 1955 war es noch nicht selbstverständlich, dass man ein Auto besaß und die Fahrt mit ihrem Motorrad, auch wenn es schon einen Beiwagen hatte, schien ihnen in dieser Situation doch nicht ganz das Richtige zu sein. Ein Taxi war viel zu teuer und kam überhaupt nicht in Frage. Also war klar, man nahm die Straßenbahn, denn die nächstgelegene Klinik lag fünfzehn Kilometer entfernt in einer Kleinstadt.

Und da der Arzt meiner Mutter nach einer Hausgeburt angeraten hatte, dieses Mal doch lieber in ein Krankenhaus zu gehen, entschied sie sich, im Rot-Kreuz-Krankenhaus zu entbinden, wo ihr Frauenarzt Belegbetten hatte.

Mein vier Jahre älterer Bruder, der an diesem Tag von meiner Großmutter versorgt wurde, genoss seine letzten Stunden uneingeschränkter Zuwendung. „Mama und Papa bringen, wenn sie zurückkommen, ein Geschwisterchen mit."

Nach einem kleinen Frühstück nahm mein Vater die fertiggepackte Tasche, und es ging los. Das Abenteuer begann.

Sie fuhren mit der Straßenbahn in die Stadt. Doch bevor sie in Saarbrücken ankamen, krächzte die Bahn erst einmal wie eine Berg- und Talbahn den Riegelsberg hinauf, um dann wieder mit angezogener Bremse hinunterzurollen. Und weil der Berg seinem Namen alle Ehre macht und sich wie ein Riegel vor die

Stadt legt, musste die Bahn gleich ein zweites Mal bergan kraxeln, bevor sie ein schönes Waldstück durchfuhr, das Ende April schon die ersten lindgrünen Blätter zeigte, um schließlich nach erneutem Hinunterrollen im Saartal anzukommen.

Damals brauchte man für diesen Weg etwa eine Stunde. Es holperte ein klein wenig, war aber nicht weiter tragisch. Beide waren glücklich, dass es nun bald so weit war, und mein Vater hoffte, dass es ein Mädchen werde.

Meine Mutter fühlte sich trotz der bevorstehenden Geburt und eines kugelrunden Bauchs sehr gut und das Ungeborene verhielt sich offensichtlich noch ruhig.

So beschlossen meine Eltern, sich noch eine letzte kleine gemeinsame Zeit im gemütlichen Café Wien zu gönnen. Wie der Name schon verrät, vermittelte es den alten Wiener Charme mit gemütlichen Sofas und kleinen Caféhaustischen.

Nachdem beide noch einmal die letzten Minuten ihrer Zweisamkeit in der wärmenden Sonne dieses wundervollen Frühlingstages genossen hatten, fuhren sie ins Krankenhaus, das auf der anderen Seite des Flusses auf dem Hügel von St. Arnual lag.

Kaum waren die Aufnahmeformalitäten erledigt, glaubte ich wohl, jetzt endlich mitmischen zu müssen. Meine Mutter kam sofort in den Kreißsaal, es wurde turbulent.

Die Hebamme versuchte Ruhe zu bewahren und sprach ihr Mut zu. Da es im Jahre 1955 noch nicht üblich war, dass die Väter bei der Geburt dabei sein durften, was in diesem Falle sicherlich noch einen zusätzlichen Patienten produziert hätte, blieb mein Vater in den Warteräumen des Krankenhauses zurück, wo er auf heißen Kohlen in Erwartung des Ergebnisses saß.

Stunden vergingen, bis man meinem Vater die erlösende Mitteilung machen konnte, dass Mutter und Kind wohlauf seien, soweit man das nach solch einer Strapaze sagen kann.

Nachdem der Arzt ihn über die äußerst komplikationsreiche Geburt informiert hatte, verfiel er erst einmal in eine Schockstarre. Doch als meine Mutter wieder ansprechbar war und ich atmete, wich die Starre einer unermesslichen Freude darüber, dass seine Frau und sein Kind am Leben waren. Dass das Kind ein Mädchen war – sein Wunschkind – erfüllte ihn mit Stolz und Dankbarkeit.

Und so blieb es all die fünfundvierzig Jahre unseres gemeinsamen Weges.

Paulus *Ingrid*

Rudra

Heute dein Geburtstag ist
da will ich an dich denken.
Frage wo du heute bist,
wohin will Gott dich lenken?

Wenn unsere Körper auch so fern
sind unsre Seelen ewig.
Hab tief im Innern dich so gern,
traf einst ein Stern auf einen Stern.

Bei solchen Treffen allgemein
bleibt eine Spur zurück,
wo wir gemeinsam, nicht allein
gefunden den Gipfel zum Glück.

Das Bing beim Treffen zweier Sterne
erhebt die Seele lange Zeit.
Geh'n auch die Wege in die Ferne
ist doch die Spur, die ewig bleibt.

Drei Zuckerstangen

Dieses Erlebnis nach so vielen Jahren aufzuschreiben, fiel mir nicht leicht, erst als ich das kleine Mädchen, das ich damals war, von außen betrachtete, nahm die Geschichte Formen an.

In freudiger Erregung und ganz außer Atem erreicht es den Bäckerladen, der erst kurz zuvor nach zweistündiger Mittagspause wieder geöffnet hat. Die vier Stufen zur Tür nimmt es in zwei Schritten – und dann, ja dann endlich steht es am Ladentisch, den es mit knapper Not überschauen kann. Es legt seinen Groschen darauf und mit leuchtenden Augen bittet es um eine dieser Zuckerstangen, die es heute, nur heute in diesem Geschäft geben soll.

„Es gibt keine mehr!“, ist die lässige Antwort. Es dauert ein paar Sekunden, bis das Kind realisiert, was es soeben gehört hat. Völlig niedergeschlagen trottet es auf der Mühlhäuser Straße heimwärts.

„Na Kleines, siehst aber sehr traurig aus, hast wohl keinen Lutscher mehr bekommen beim Bäcker Hoffmann?“

Das zierliche Mädchen, in Gedanken noch immer bei der soeben erfahrenen groben Abweisung in dem Geschäft, schreckt auf, sieht sich auf der sonst leeren Straße einem Mann gegenüber und wundert sich, woher der Fremde plötzlich kommt.

„Nee“, stammelt es zaghaft, „die waren schon ausverkauft!“

Der Mann kramt geheimnisvoll in seiner Tasche und zaubert wie ein Märchenonkel drei – gleich drei – bunte Zuckerstangen hervor: eine rote, eine gelbe und eine grüne, lässt sie vor ihm kreisen. Ungläubig staunend folgen die Augen des Mädchens der Hand des Mannes, die dann langsam mit den schillernden Lutschern wieder in der Jackentasche verschwindet. Seine Gedanken schlagen Purzelbäume. Wieso hat er gleich drei und überhaupt, Männer lutschen keine Zuckerstangen! Der ist doch ein Opa und kein Kind mehr. Wäre es doch nur früher zum Bäckerladen gegangen, bevor ihm der alte Mann die letzten dieser köstlichen Leckereien vor der Nase wegkaufte, aber daran trägt seine Mutter die Schuld, denn als es nach der Schule mit dem Gerücht, beim Bäcker Hoffmann gebe es Lutscher ohne Zuckermarken, nach Hause kam, da reagierte sie auf sein Quängeln und Betteln mit strengen Worten:

„Zuerst wird zu Mittag gegessen!"

„Aber dann schließt der Laden bis um drei Uhr!"

„Dann gehst du eben, wenn er wieder aufmacht!"

Und nun hat es diese einmalige Gelegenheit verpasst. Auf eine derartige Enttäuschung ist es nicht vorbereitet. Es verdrängt die Tränen, die sich einfach selbständig machen, seiner Verdrossenheit folgt nun Entrüstung über diesen Fremden, der ganz nah vor ihm steht und mit einer ganzen Farbpalette von Lutschern herumwedelte; es wäre doch schon mit einem einzigen glücklich.

„Möchtest du so eine rote Zuckerstange? Oder lieber die grüne oder die gelbe?"

Das schüchterne Mädchen kann sein Glück nicht fassen und nickt heftig mit dem Kopf.

„Ach was, ich gebe dir alle drei und noch einen Groschen dazu, wenn du ein Stückchen mit mir gehst, ich bin fremd hier, kenne mich nicht so aus!" Natürlich ist es gerne dazu bereit, nicht nur der Zuckerstangen wegen, auch weil es dem Fremden zeigen will, wie gut es sich auskennt und es so arglos ist, wie ein Kind, das in dieser ländlichen Idylle aufwächst, nur sein kann. Hand in Hand lenkt der Mann beider Schritte auf einen Weg, den die Einheimischen als „hinter der Stadt" bezeichnen, der offiziell aber „Ringstraße" heißt und hier, wo die beiden aufeinander treffen, seinen Anfang hat. Entlang diesem Teil des Weges, der weder gepflastert noch asphaltiert ist, sind, abgesehen von zwei oder drei Häusern, hauptsächlich Gärten und Felder angesiedelt. Das ungleiche Paar überquert nach einer Weile einen kleinen Steg über den Gatterbach, die Straße „Vor dem Gatter", dann – bedingt durch das Postamt – die etwas belebtere Bahnhofstraße. Der Mann hat es nun eilig, er drängt, von hier wegzukommen, denn hinter der quirligen Kreuzung präsentiert sich die Ringstraße besonders ruhig. Vorbei geht es an schmucken Häusern in gepflegten Gärten auf der nun wieder menschenleeren Straße. Eines dieser Häuser kennt das Mädchen, es ist die Praxis des einzigen Arztes der Kleinstadt. Schlagartig wird ihm bewusst, dass es sich nun immer weiter von zu Hause entfernt und fühlt sich nicht wohl bei dem Gedanken, traut sich aber nicht, etwas zu sagen oder sich gar aus dem festen Griff des Mannes zu lösen.

Er spürt den stillen Widerstand, greift noch einmal nach den bunten Zuckerstangen in seiner Tasche, um sie dem Mädchen vor Augen zu führen und schon sind alle Bedenken und Ängste verflogen. Er legt noch einen Schritt zu, so dass das Kind dem Tempo kaum folgen kann. Die Ringstraße endet am Untertor, von hier trennen sie nur noch ein paar Häuser vom Ortsende. Zwischen Feldern und Gärten liegt der Friedhof. An ihm entlang führt ein kaum benutzter Weg hinunter zum Fluss. Der Mann schlägt vor, nach diesem langen Spaziergang doch nun ein ruhiges Plätzchen zum Ausruhen zu finden. Und er hat es auch schon entdeckt.

An der Werra entlang verläuft ein schmaler Pfad parallel zu einem Feldweg für Fuhrwerke, dazwischen ein Areal verwilderter Wiesen mit mannshohen Hecken, Dornengestrüpp und knorrigen Apfelbäumen, um die sich schon lange niemand mehr kümmert.

Eine dieser hohen Hecken, die im Inneren einen Hohlraum bildet, ist das Ziel des Mannes, der dem naiven Kind versichert, dass es nun gleich die ersehnten Zuckerstangen erhält. Im Moment des Hineinkriechens in die unheildrohende Dämmerung dieser muffigen Höhle, weg vom lauen Sommerwind, vom blauen Himmel, der wärmenden Sonne, weiß das Mädchen, dass es dies nicht tun sollte, dass es nicht recht ist, dass etwas geschieht, was nicht sein darf.

„Du brauchst doch keine Angst zu haben, wir sind sehr weit gelaufen und nun müssen wir auch einmal ausruhen, komm setz dich!" Dabei zieht es der Mann auf seinen Schoß, hält es ganz fest und eng an sich gedrückt, so dass bei dem Kind alle Alarmglocken läuten, es jedoch noch immer nicht wagt, sich gegen das hektische Herumwuseln dieser klobigen, zittrigen Hände an seinem bunten Sommerkleidchen, dann das Hantieren an seinen eigenen Klamotten zu wehren, denn er ist um so vieles stärker. Das Mädchen hat nicht die geringste Ahnung, was in diesen Minuten mit ihm geschieht. Es spürt die unbekannte Bedrohung, die von diesem fremden Mann ausgeht. Er ist jetzt ein ganz anderer, atmet schwer und stöhnt so merkwürdig. Eine panische Angst, dass ihm wehgetan wird, hindert es am Schreien, es ist auch niemand weit und breit, der die Schreie hören könnte. Es will nur weg, weg, weg – und es hört sich plötzlich sagen:

„Da kommt jemand!" Tatsächlich glaubt es, die rollenden Räder eines sich nähernden Kinderwagens auf dem unebenen Weg zu hören. Augenblicklich lässt er von dem Mädchen ab. Der Mann drückt ihm eine Zuckerstange in die Hand, murmelt kleinlaut: „Ich habe dir aber nicht wehgetan!"

Das Kind kriecht aus der Hecke, schaut nach einer Frau mit Kinderwagen, da ist niemand, er weiß das aber noch nicht. Ohne sich umzudrehen, rennt es so schnell es kann, um erst einmal in das Zentrum des Ortes zu gelangen und somit auch Menschen zu erreichen. Und hier, ganz außer Atem, schaut es sich in aller Ruhe die wunderschöne rote Zuckerstange an, die nun wirklich ihm gehört, für die es aber alle Vorsichtsmaßregeln außer Acht ließ. Verwirrt und ängstlich macht es sich auf den Heimweg, wohl wissend, dass es sich eine gute Erklärung für sein langes Wegbleiben einfallen lassen muss.

Am Abend gehen die Eltern mit ihrem Kind zur Privatwohnung des Polizisten der Stadt, Herrn Neubauer. Dieser — selbst Vater von vier Kindern — versteht es, mit einer spielerischen Leichtigkeit die Scheu, die Angst und die Scham des befangenen Mädchens zu verdrängen, es aus der Reserve zu locken und sich im Beisein der Eltern den Ablauf des Nachmittags sowie eine detaillierte Beschreibung des Fremden schildern zu lassen. In einem kleinen Notizbuch schreibt er ununterbrochen alles mit, was ihm das Kind berichtet.

Als er die Mutter nach der Bekleidung ihrer Tochter fragt, gesteht sie, die Unterwäsche vor Ekel sofort verbrannt zu haben, wofür sie eine barsche Kritik des Polizisten erfährt. Zwei Tage danach ruft man die siebenjährige Schülerin, die in Größe und Gestalt eher einer Fünfjährigen ähnelt, aus ihrem Klassenzimmer und schickt sie in das der Achtklässler. Vor diesen schon fast erwachsenen Schülern soll sie als mahnendes Beispiel von dem, was sie durchlebte, erzählen. Diese Momente sind für das Kind genausoschlimm wie die im Inneren der Hecke am Fluss. Danach herrscht Schweigen. Niemand spricht mehr darüber, so, als hätte es diesen Nachmittag nie gegeben. Nach und nach gerät das obskure Erlebnis in Vergessenheit.

Doch einmal noch wird alles wieder aufgefrischt. Es ist der Dienstag nach Pfingsten im folgenden Jahr. Mutter und Kind werden auf die Polizeiwache beordert. Da sitzt er auf einem Stuhl, der Mann. Herr Neubauer, der Polizist, fragt ihn:

„Ist das das Mädchen?“

„Ja“, kommt das kaum hörbare Geständnis.

Dann fragt er das Mädchen:

„Ist das der Mann, der dich mitgenommen hat?"

„Ja", antwortet es prompt und betrachtet sein Gegenüber von oben bis unten, während seine Mutter vor Angst zittert.

Bevor ich anfing, diese Geschichte zu Papier zu bringen, erkundigte ich mich schriftlich nach Polizei-Unterlagen, aus denen sicher meine Aussagen vom Abend des fraglichen Tages ersichtlich gewesen wären, aber angeblich existieren keine mehr. Um mich in jenen Sommernachmittag im Kriegsjahr 1943 zurückzuversetzen, fuhr ich in meine Heimatstadt, lief noch einmal den Weg von damals, ahnte nicht, wie nahe mich dieser Gang dem vor so langer Zeit Geschehenen bringen sollte. Ich sehe den Mann und das vertrauensselige Kind – nein, das naive, dumme, gierige Kind – Hand in Hand vor mir her laufen, Wut steigt in mir hoch. Warum ich? Warum befand sich niemand in der Nähe, wo doch jeder jeden kannte damals, als das Städtchen noch so überschaubar war?

Mir fallen Veränderungen auf, die mich auf andere Gedanken bringen. Dieser Teil der Ringstraße, in meiner Erinnerung mehr ein Feldweg, hat sich zu einer beschaulichen Wohngegend gemausert und verläuft keineswegs mehr „hinter der Stadt", denn überall sind kleine, neue Wohnviertel entstanden. Eines der Felder entlang des Friedhofs bebaute man nach dem Krieg mit schlichten Wohnblöcken, die inzwischen wieder unbewohnt auf Renovierung oder Abriss warten, der Weg hinunter zum Fluss ist nun auch asphaltiert. Die verwilderten Pfade und Wiesen an der Werra, wo Disteln, Brennnesseln und Dornbüsche wuchsen, sind ausgewiesenen Wander- und Fahrradwegen, gepflegtem Rasen mit Bänken und Kneippanlage gewichen, nur die Pestlinde, die seit Jahrhunderten an ihrem Platz steht, könnte berichten von dem, was hier einst geschah.

Und am Fluss überkommt es mich noch einmal, die Hilflosigkeit, die Angst und der Ekel. Was wäre geschehen, hätte ich geschrien? Zu was war er fähig? Den Mund des Kindes zuhalten, um die Schreie zu dämpfen, noch ein wenig fester drücken, denn es hört nicht auf zu zappeln, sich zu wehren – dann plötzlich ist es ganz still. Der Fluss, nur wenige Schritte entfernt, die Strömung ziemlich stark, bietet seit je eine ideale Möglichkeit, Ballast loszuwerden. Solche Gedanken schießen mir durch den Kopf, denn ich muss an die vielen Kinder der letzten Jahre denken, denen solche oder ähnliche Begegnungen zum Verhängnis wurden und das Leben kosteten.

Das „Schweigen – nicht darüber reden" in meiner Kindheit und darüber hinaus betrachtete man in meiner Umgebung vermutlich als die einzig richtige Verhaltensweise, damit umzugehen und fertig zu werden. Psychiater, fachgerechte Betreuer oder Berater für Betroffene gab es im und nach dem Krieg in unserer kleinen Stadt nicht, und die Bezeichnung „Pädophile" für Männer mit sexueller Vorliebe für Kinder, die uns heute fast täglich aus den Medien entgegenschwappt, kannten damals wahrscheinlich nur Gelehrte.

Heimweg zu Fuß

Wie sollten wir, meine Freundin und ich, an unseren freien Tagen von A nach B kommen, ohne jemanden zu bemühen, obwohl das Angebot, überall hingefahren und auch wieder abgeholt zu werden, bestand? Die Häuser und Anwesen des kleinen kalifornischen Ortes liegen weit verstreut in einem Areal, das sich vom flachen Land, wo meine Freundin lebte, über eine Hügelkette bis hin zur Steilküste erstreckt. Ein öffentliches Verkehrsnetz existierte hier nicht. Als es eines Abends im Haus von Elisabeths Gast-Familie etwas spät geworden war, entschied ich, am nächsten Morgen zu Fuß nach Hause zu laufen, ungefähr sechs bis sieben Kilometer.

Gegen sechs Uhr – noch ist es angenehm kühl – marschiere ich unter einem wolkenlosen Himmel und schattigen Eukalyptusbäumen los. Bald stoße ich auf die Hauptroute, hier endet der Bürgersteig, von jetzt an beginnt der Anstieg in Serpentinen, eine Abkürzung querfeldein zu nehmen, wage ich nicht, wegen eines undurchdringlichen Buschwerks und der Schlangen. Nicht ein einziger Mensch begegnet mir. Plötzlich aber rollt das erste Auto auf mich zu, der Fahrer zuckt sichtlich zusammen, starrt mich an, als käme ich von einem anderen Stern, schwingt beide Arme vom Lenkrad aus in die Luft, dann ist er vorbei. Beim zweiten, dritten und den noch folgenden sind die Reaktionen ähnlich: Sie alle erschrecken sichtlich bei unserem Aufeinandertreffen, blicken verdattert, zwei treten sogar auf die Bremse, dass es quietscht. Verunsichert schaue ich an mir herunter, möglicherweise bin ich nicht korrekt bekleidet, kann aber keine Mängel finden. Als ich oben im Haus an der Steilküste ankomme und meiner Gastgeberin davon berichte, wundert sie sich überhaupt nicht, weiß sofort Bescheid und verblüfft mich mit ihrer Begründung für das Verhalten der Autofahrer: Allen diesen erschrockenen Berufspendlern, die jeden Morgen routinemäßig diese Strecke fahren, ist auf ihrem Weg zur Arbeit noch nie so etwas begegnet: ein Mensch zu Fuß!

Pitschula *Anna Maria*

Maurische Fantasien

Zum Ende eines unvergesslichen Sommers in Spanien fuhren wir mit einem Bus von Sevilla nach Granada. Unterwegs lernten wir eine Gruppe lustiger Studenten kennen. Sie kamen zum Ende der Semesterferien von zu Hause, den Kanarischen Inseln, um ihr Studium in Granada fortzusetzen. Sie verfügten über Adressen von Vermietern, die Zimmer zu günstigen Preisen an Studenten abgaben. So fanden meine Freundin und ich schnell eine preiswerte Unterkunft bei zwei älteren Damen. Auch konnten wir mit der Gruppe die Restaurants aufsuchen, in denen Studenten beim Vorlegen ihrer Ausweise für wenig Geld ihre Mahlzeiten einnahmen, so lange es nicht auffiel, dass wir eigentlich nicht dazu gehörten. Diese spontane Art von Hilfsbereitschaft, Großherzigkeit und Gastfreundschaft war uns immer wieder begegnet.

Ich konnte kaum den nächsten Tag erwarten, um endlich mein Highlight des Sommers 1963, die Alhambra, aufzusuchen. Meine Freundin hingegen begeisterte sich überhaupt nicht für Paläste, Kathedralen, Bauwerke jeglicher Art und deren Geschichte. Seit wir im heißen andalusischen Innenland unterwegs waren, lag sie mir ständig in den Ohren: „Ich will an den Strand, ich will wieder ans Meer!" Aber da musste sie sich noch eine Weile gedulden, bis wir in einigen Tagen in Richtung Norden, nach Valencia aufbrechen würden.

Wie fast überall in Spanien begann das Abendessen nicht vor einundzwanzig Uhr, und es zog sich über zwei Stunden hin. In dieser Zeit erfuhren wir in einem Kauderwelsch von Spanisch, Englisch und Französisch noch so einiges. Wir fanden heraus, dass Manuel, der Älteste der Gruppe und von allen respektiert, deren Trainer war. Sie waren Schwimmer, die sich für die Teilnahme an den nächsten Olympischen Spielen in Tokio qualifiziert hatten und jede freie Minute zum Trainieren nutzten. In dieser Nacht jedoch sollten alle noch einmal ihre Freizeit genießen. Er kündigte an, uns an etwas teilhaben zu lassen, was kein Touristenbüro anbieten könnte. Er rief ein Taxi, das uns alle hinauf fuhr.

Was für eine Nacht! Nach der großen Hitze des Tages ist es hier oben angenehm kühl. Sanft weht eine frische Brise herüber von der schneebedeckten Sierra Nevada. Und vor uns die Al-

hambra! Sie umfasst ein riesiges Areal von Bauwerken: Zinnengekrönte Mauern, hohe Festungstürme, sagenhafte Paläste, dezent angestrahlt, von denen ich nur Bruchteile sehen kann. Die berühmten Innenhöfe und traumhaften Gärten mit sprudelnden Brunnen, die in regelmäßigen Abständen das kostbare Nass in sprühende Fontänen verwandeln, um dann in kleinen Kaskaden in ein anderes Becken zu fließen, die hufeisenförmigen, reich mit Arabesken verzierten Eingangstore, dahinter die unüberschaubar in Stuck-, Stein- und Holzarbeiten kunstvolle Blatt- und Rankenornamentik, unterbrochen von arabischen Schriftzeichen, geschmückten Wände und Decken der Säle, Hallen und Bäder — aber das alles kann ich nur erahnen. Welch kostbare Schätze und unergründliche Geheimnisse verbergen sich hinter diesen dicken Mauern? Zum Greifen nahe, aber dennoch nicht zu erreichen! Sie ziehen mich ganz in ihren Bann.

Bilder und Geschichten tauchen auf. Spontan fallen mir die faszinierenden „Erzählungen von der Alhambra" von Washington Irving ein, die ich Jahre zuvor einmal gelesen habe, denn ich wähne mich mittendrin in diesen Legenden. Auf geheimnisvollen Pfaden bewegen wir uns rund um die „Rote Burg", so weit dies möglich ist, mal geht es bergab, dann steigt der Weg steil hinauf durch Gestrüpp, durch Wald, dann wieder vorbei an gepflegten Gärten, Palmen, Zypressen, Granatbäumen.

Die goldene Sichel des Mondes und der klare Sternenhimmel weisen den Weg. Ganz nah der glockenklare Gesang einer Nachtigall. Das gleichmäßige, beruhigende Plätschern von Wasser, oft verborgen zwischen den üppigen Blumenanlagen, Büschen und Hecken voller exotischer Blüten rund um den Sommerpalast versetzen in die Zeit der Maurenherrschaft. Jemand schlägt die Saiten einer Gitarre; so sind wir nicht allein in diesem arabischen Märchen unterwegs. Betörende Düfte von Orangenblüten, Myrte, Buchsbaum, Oleander, die ganze Vielfalt südländischer Vegetation sauge ich tief in mich hinein.

Verhaltenes Lachen von Frauen — dann sehe ich sie auf einer kleinen Lichtung. Sind es Touristinnen? Sie unterhalten sich leise, als wollten sie die Magie dieser Momente nicht stören. Zarte Schleier wehen um sie herum. Meine Fantasie geht in die Vergangenheit, weit zurück in der Zeit. So könnten die exotischen

Prinzessinen, die Frauen und Töchter der maurischen Herrscher, durch diese paradiesischen Gärten flaniert sein, verschleiert, in spinnwebenfeine, pastellfarbene Seidengewänder gehüllt, unbesorgt lustwandelnd in heiterer Stimmung. Sie ahnen noch nicht, dass all diese Pracht nur noch für kurze Zeit erhalten bleibt, aber ich weiß es und bin traurig darüber, weil das Ende dieser Epoche bevorsteht.

Der Prinz auf einem edlen Ross wird heimkehren, erschöpft vom langen Ritt und den vielen Auseinandersetzungen mit seinen christlichen Widersachern. Voller Wehmut muss er sich eingestehen, dass sein Reich mit jedem weiteren Scharmützel schrumpft. Es ist fast nichts mehr übrig vom Emirat Granada. Das christliche Heer steht schon vor den Stadtmauern. Oder ist gar schon alles verloren?

Er muss die traurige Kunde seiner Mutter und seiner Gemahlin bringen. Das bedeutet, Abschied nehmen für immer von diesem, von seinen Vorfahren vor Jahrhunderten eroberten, kargen Land, aus dem sie ein Paradies geschaffen haben. Bald wird die Fahne mit den Wappen von Kastilien und Aragon auf der Alhambra wehen und er, der junge Herrscher von Granada, versinkt in die Bedeutungslosigkeit. – So muss es sich zugetragen haben in den letzten Tagen der maurischen Herrschaft, hier auf diesem Terrain, das mich ganz gefangen hält im Zauber dieser Nacht, so einmalig und schön, das aber dennoch – will man alten Bildern, Berichten und Büchern Glauben schenken – heute nur noch ein Schatten von dem ist, was es einmal war.

Das Gekicher und die Albereien meiner neuen Freunde brachten mich jäh zurück auf den Weg des Hier und Jetzt. Sie schwanden dahin, meine maurischen Fantasien.

Wüstenfahrt bei Nacht

Ab San Diego fahren wir in östlicher Richtung parallel zur mexikanischen Grenze. Am Nachmittag zwei Tage später bei Douglas / Arizona passieren wir diese. Von dort trennen uns nur wenige Kilometer von der verschlafenen Kleinstadt Agua Prieta im Bundesstaat Sonora. Abgesehen von streunenden Hunden aller Gattungen kreuzt einsam ein Junge mit einer Gitarre auf dem Rücken unseren Weg. Außer der Kirche lohnt sich nichts zu besichtigen und die Straßen führen am Ende der Häuserreihen in sandige Pisten. Nur wenige Geschäfte, die zum Kauf von landestypischen Waren und kitschigen Souveniers animieren, keine Lokale, aus denen Mariachi-Musik schmettert – letztendlich ist die Fahrt nach hier vergeudete Zeit.

Am frühen Abend – eine unbarmherzige Sonne steht noch hoch – verlassen wir das öde Agua Prieta, die wohl langweiligste mexikanische Grenzstadt. „Vaya con Dios", sagen die Mexikaner zum Abschied, nur gibt uns niemand diesen frommen Wunsch mit auf den Weg.

Ich bin zwar erschöpft vom Herumtapsen in der höllischen Hitze, im klimatisierten Auto erhole ich mich jedoch schnell. An der Grenze verläuft alles reibungslos; wir sind erleichtert, wieder in den Staaten zu sein, denn eine Nacht in einer mexikanischen Zelle – wie es schon so manch einem Touristen passiert ist – möchte ich nicht erleben. Einige Meilen hinter Douglas verlassen wir die Route, auf der wir hergekommen sind, fahren nun auf einer noch schmaleren in nordöstlicher Richtung. Unser Ziel, Lordsburg im Staate New Mexiko, wollen wir möglichst noch vor Dunkelheit erreichen. Zwischen Douglas und Lordsburg existiert – zumindest auf unserer Karte – keine Stadt oder Ortschaft.

Trotzdem, kleine Ansiedlungen, Farmen, auch einige Motels wird es schon geben, denke ich, falls wir es – aus welchen Gründen auch immer – bis Lordsburg nicht schaffen.

Die letzten Sonnenstrahlen verschwinden und fast ohne Übergang setzt die Dunkelheit ein. Gerade lese ich noch auf einem Straßenschild, dass wir die Grenze von Arizona nach New Mexiko überfahren. An der schnurgeraden Straße begegnen uns weder Baum noch Strauch, weder ein Hügel noch eine Senke, sie führt einfach nur durch die Wüste und mich beschleicht ein beklemmendes Gefühl, denn nun herrscht eine Dunkelheit, wie ich sie im Sommer zu so früher Stunde nicht kenne. Ich schaue nach meinem Kind. Michael ist auf dem Rücksitz eingeschlafen, das ist gut, so übertrage ich meine Ängste nicht auf ihn. Mein Mann Herbert braucht nichts zu tun, außer das Lenkrad halten und den Fuß auf dem Gaspedal zu lassen, denn es geht nur stracks geradeaus. Er bemerkt meinen skeptischen Blick und meint: „Ich bin voll da!" Das weiß ich natürlich, nur, er hat zuvor schon viele Stunden an diesem langen Tag am Steuer gesessen.

Die Nacht ist so unheimlich schwarz, außer unserem Scheinwerfer kein Licht – nirgendwo. Ich fühle mich unwohl, irgendwie verlassen, so als wären wir drei die einzigen Lebewesen in einem menschenleeren Raum. Immer wieder schaue ich in den sternenlosen Himmel, grübele, wie wir uns verhalten, würde jetzt ein unbekanntes Flugobjekt über uns schweben. Hier in New Mexiko, im Paradies der Esoteriker, kursieren seltsame Geschichten über unerklärliche Phänomene. Diese Gegend zieht Leute aus parapsychologischen Kreisen und Sekten an, wie Motten das Licht. Noch nie kamen mir während einer Fahrt bei Nacht solche seltsamen Gedanken, die ich aber für mich behalte.

Plötzlich im Lichtkegel etwas Graues, das sich kaum vom Grau des Asphalts unterscheidet, und im selben Moment ein mächtiger Rumps, dann ist der Spuk vorbei. Herbert bemerkt: „Ein Hase, aber ich halte nicht an!" Das arme Tier hat vermutlich bewegungslos, wie erstarrt, mitten auf der Straße gesessen. Wir sind der Meinung, dass es sofort tot gewesen sein muss, wollen es auch gar nicht so genau wissen, denn keiner von uns hätte ihm den Gnadenstoß geben können. Wie und womit auch, es gibt ja nicht einmal Steine am Straßenrand, nur niederes Gestrüpp und Sand, Sand, Sand.

Das arme Häschen beschäftigt mich und verdrängt für eine Weile meine dunklen Fantasien um eventuelle Außerirdische. Wie viele Stunden fahren wir schon? Es können doch nicht mehr als zweihundert Kilometer bis Lordsburg sein. Nun fällt mir auch ein, dass uns während der ganzen Fahrt weder ein Wagen entgegengekommen ist, noch einer überholt hat. Es sind nur wir drei auf dieser gottverlassenen Route unterwegs und ich frage mich, ob wir nicht immer tiefer in die Wüste hineinfahren, anstatt heraus. Panik beherrscht mich jetzt, die Frage: „Was wäre, wenn…?“ Eine Autopanne in stockdunkler Nacht mitten in der Wüste …, ich darf gar nicht an so etwas denken! Ich verdränge diese Vorstellung, aber gleich fällt mir etwas Neues auf: Kein Hinweis, kein Wegweiser am Straßenrand, keine Bestätigung, dass wir in der richtigen Richtung unterwegs sind.

In dem Moment, als ich meine Bedenken kundtun will, sehe ich erste unscheinbare Lichter in weiter Ferne, abgelegene Farmen oder Wohnmobile von Aussteigern, vermute ich.

Jetzt mehr Lichter und endlich zeigt ein Straßenschild nur noch wenige Meilen bis Lordsburg. Geschafft! Erleichtert checken wir in das erstbeste Motel ein. Beim Entladen des Autos entdecken wir noch eine arme Kreatur, sie hängt vorne mit ausgebreiteten Flügeln an der Kühlerhaube fest – eine kleine Eule.

Friedhöfe und Kirchtürme

Den Weg zum Friedhof unseres Ortes, wo sich das Grab meiner Eltern befindet, lege ich immer mit dem Fahrrad zurück. Der Friedhof ist am Rande unseres Stadtteils angelegt, umgeben von Feldern und Obstwiesen.

Ich fahre auf der schmalen Hauptstraße durch den historischen Ortskern, vorbei an dem alten Dorffriedhof, der zu einem kleinen Park mit Kriegsdenkmal umgestaltet ist, passiere kleine Fachwerkhäuschen, die anlässlich der 1200- Jahrfeier renoviert wurden, und gelange in den mittelalterlichen Teil des Ortes, gekennzeichnet von holprigem Kopfsteinpflaster und zwei nahe beieinander liegenden Kirchtürmen, einem großen, weithin sichtbaren und einem kleineren, der sich oftmals hinter Bäumen oder Häuserfassaden verbirgt.

Der hohe Glockenturm aus der Zeit der Reformation trägt seit 1715 einen gestuften Haubenhelm. Er steht einsam und allein da, denn sein gotisches Kirchenschiff hat man wegen Baufälligkeit abgerissen. Direkt gegenüber wurde 1735 die kleine lutherische Kirche gebaut, die 1901 bis auf die Umfassungsmauern abgebrannt ist. Dort steht jetzt unsere sehr schöne neue kleine Kirche, errichtet auf mächtigen Holzpfeilern, die wie das Dachgestühl und die Balkone reich mit Schnitzereien geschmückt sind. Sie ist eine so genannte Straßenkirche, angelehnt an die sie umgebenden Häuser wie das alte Rathaus auf einer Seite. In dieser Kirche hat unsere Tochter ihre Taufe und Konfirmation empfangen, und ich singe seit vielen Jahren im Kirchenchor.

Ich lasse die letzten Häuser hinter mir und gelange zum Fahrrad- und Fußweg, der neben der Verbindungsstraße zum nächsten Stadtteil verläuft. Vorbei an Getreide-, Gemüse- oder –

je nach Jahreszeit – Erdbeerfeldern erreiche ich den Friedhof. Nachdem ich das Unkraut gerupft, das Buchsbäumchen geschnitten und die Blumen gegossen habe, setze ich mich gerne auf eine Bank, lasse die Stille auf mich wirken und meine Gedanken schweifen.

In der Ferne strecken sich die Höhen des Hochtaunus hin mit dem Feldberg als markantem Punkt, und in der Nähe duckt sich die wie ein Zelt gebaute Friedhofkapelle mit lang heruntergezogenem Dach. In ihr versammelten wir uns zur Trauerfeier für meine Eltern, die mit einem Abstand von nur anderthalb Jahren starben – mein Vater in meiner Heimatstadt Hagen in Westfalen und meine Mutter in einem Pflegeheim in Bad Nauheim.

Ich denke zurück an meine Kindheit, als ich Friedhöfe hasste – besonders den, den ich regelmäßig mit meiner Mutter besuchen musste. Im hintersten Teil des großflächigen Stadtfriedhofs lag das bescheidene Grab meiner Großmutter, der Mutter meiner Mutter. Ich habe sie nie kennen gelernt, denn sie starb mit nur sechsundvierzig Jahren, während meine Mutter mit mir schwanger war. Meine Mutter sprach oft von ihr. Sie hatte eine enge Beziehung zu ihr, besonders nachdem die Ehe ihrer Eltern geschieden worden war. Immerhin schmückte das Grab ein Gedenkstein aus Marmor; wahrscheinlich hatte ihn mein Vater gekauft, denn bis zu ihrer Heirat kam meine Mutter, die Schneiderin gelernt hatte, für den Unterhalt ihrer jüngeren Schwester und der kranken Mutter allein mit Näharbeiten auf.

Meine Mutter und ich gingen stets zu Fuß von unserem Stadtteil zu dem mehr als drei Kilometer entfernten Friedhof, wo meine Großmutter lag. Für meine kurzen Beine war das ziemlich beschwerlich, denn Hagen liegt in einem Tal umgeben von Bergen. Wir mussten von unserem Haus auf der Höhe hinunter Richtung Stadtmitte laufen und danach einen langgezogenen Berg wieder hinaufsteigen. Wenn dann wenigstens eine Kirmes auf mich gewartet hätte, die einmal im Jahr auf der anderen Seite des Berghanges ihre Karussells und Buden aufstellte, hätte ich die Strapazen gerne auf mich genommen! Doch leider war unser Ziel nur der in meinen Augen trauervolle Friedhof.

Meine Mutter kaufte in der Friedhofsgärtnerei stets die gleichen Blumen, nämlich niedrig wachsende kleine Begonien, dankbare Blüher, die nicht ständig gegossen werden müssen. Wenn wir die Gärtnerei am Eingang des Friedhofs erreicht hatten, waren wir noch lange nicht am Grab meiner Großmutter angelangt. Wir mussten noch etliche hundert Meter vorbei an großen repräsentativen Gräbern spazieren, die farbenfroh mit allen möglichen wunderschönen Blumen und Grünpflanzen geschmückt waren und vor denen meine Mutter ab und zu stehen blieb, um die ihr bekannten Namen der Hagener Prominenz zu lesen und zu kommentieren. Ich ahnte – wir gehörten nicht dazu.

Als ich später dann ein Schulkind war, machten wir auf dem Rückweg regelmäßig in der Stadtmitte bei Lazzarin Rast, einer der italienischen Eisdielen, wie sie in den fünfziger Jahren überall aus dem Boden schossen. Nach der süßen Unterbrechung des auch für meine Mutter als mühsam empfundenen Friedhofgangs traten wir gestärkt den restlichen Heimweg an.

Ich kehre zurück in die Gegenwart. Die untergehende Sonne pinselt rosarot-orange Farbstriche auf die Höhen des Taunus. – Zeit, mich auf mein Fahrrad zu schwingen und nach Hause zu radeln.

Schwarzer Peter

Im April 1941 geboren, habe ich nur noch wenige Erinnerungsfetzen an den Krieg. Sie vermischen sich mit den Erzählungen meiner Mutter, dennoch stehen mir einige ganz klare Bilder vor Augen. Ich erinnere mich daran, dass unsere Kirche brannte und die Hitze des Feuers die Glocken zum Läuten brachten. Ebenso erinnere ich mich an das Heulen der Sirenen bei Fliegeralarm – an meine Angst, in den Bunker gehen zumüssen.

Als die Alliierten begannen, das Ruhrgebiet zu bombardieren, fuhr meine Mutter mit mir regelmäßig nach Burg in Schleswig-Holstein – ein kleiner Ort am Kaiser-Wilhelm-Kanal, heute der Nord-Ostsee-Kanal –, wo eine Schwester meines Vaters wohnte.

Mein Vater, der im Krieg war, fühlte sich beruhigt, wenn er uns auf dem Land im Haus seiner Schwester wusste. Die Bahnfahrt von meiner Heimatstadt Hagen nach Burg dauerte viele Stunden, manchmal sogar bis zu zwei Tagen, bevor wir endlich bei Tante Anni eintrafen. Unterwegs zwangen mehrmals Tiefflieger den Zugführer zum Anhalten. So schnell es in den überfüllten Zügen möglich war, drängte meine Mutter mit mir auf dem Arm zur Tür, wir stürzten ins Freie und warfen uns in die erstbeste Erdmulde. Ich bekam kaum Luft, so sehr drückte mich meine Mutter unter sich in den Boden, bis schließlich ein schrilles Pfeifen uns bedeutete: Die Fahrt wird fortgesetzt.

Einmal, erzählte meine Mutter mir in späteren Jahren, hatte ich auf ihrem Schoß gesessen und erst flüsternd, dann immer drängender mein Stimmchen erhoben:

„Mutti, ich muss aber ganz dringend!“

Ein Durchkommen zur Toilette war einfach nicht möglich.

Dicht gedrängt saßen die Menschen auf den Holzbänken und standen in den Gängen. Schließlich erbarmte sich ein junger Offizier in Uniform, der in der Nähe eines Abteilfensters stand:

„Reichen Sie die Kleine rüber, ich habe selbst eine Tochter!"

Er öffnete das Fenster und schaute hinaus, ob auch kein Brückenpfeiler oder sonst ein Hindernis mich in Gefahr bringen könnte. Dann zog er mir mein Wollhöschen herunter, ergriff rücklings meine Oberschenkel und hielt mich aus dem fahrenden Zug.

Just in dem Moment stieß die Lokomotive einen heiseren Pfeifton aus und ließ ihren schwarzen Dampf ab. Lachend tippte der Offizier mir auf mein Näschen: „Jetzt siehst du aus wie der schwarze Peter!"

„Kaum warst du wieder wohlbehalten in meinen Armen gelandet", fuhr meine Mutter fort, „ertönte neugierig deine helle Stimme: Mutti, was ist ein schwarzer Peter?"

Und über die angespannten Gesichter der Mitreisenden flog ein Lächeln.

Auf der Schiene

Ein Sonntag im Februar. Wieder einmal habe ich ein paar Tage bei meiner Tochter und den Enkelkindern verbracht. Ich steige in München in den ICE nach Frankfurt. Es ist kalt, wenige Grade unter Null. Ich setze mich mit dem Rücken zur Fahrtrichtung, das ist mir angenehm. So kommen Bäume, Gebäude, Landschaften nicht auf mich zu, um gleich wieder zu verschwinden, sondern sie ziehen allmählich vorbei, ich kann ihnen nachblicken, sie eine Weile begleiten.

Der Zug ist nur halb besetzt, so dass der Sitz neben mir frei bleibt. Als der ICE langsam aus dem Bahnhof rollt, hole ich einen Teil der Samstagsausgabe der Süddeutschen Zeitung, ein Buch und eine Tüte mit einer appetitlich belegten Baguettesemmel aus meiner Tasche. Es ist Mittagszeit, und da ich noch nichts gegessen habe, beiße ich als Erstes in mein knuspriges Käsebrötchen.

Hohe Schallschutzwände, unterbrochen von Industrieanlagen, ziehen sich den Gleisen entlang. Wir verlassen das Stadtgebiet und durchfahren mehrere Tunnels. Der ICE beschleunigt auf 260, 280 Stundenkilometer, wie ich auf der Anzeigetafel über der Abteiltür lesen kann. Bei fast 300 habe ich ein leicht schwebendes Empfinden im Bauch.

Ich nehme meine Lektüre zur Hand, schaue aber immer mal wieder aus dem Fenster, wo sich ein frostig blauer Himmel über der Landschaft spannt.

Unser erster Halt ist Nürnberg. Unruhe entsteht: Menschen gehen, Türen öffnen, Menschen kommen, Türen schließen. Der Platz neben mir bleibt unbesetzt. Als der Zug den Bahnhof verlässt, leuchtet in weiter Ferne ein blau-weißer Heißluftballon, dann erscheint ein zweiter in Rot, ein weiterer, nachdem der Zug eine Kurve gefahren ist. Es werden immer mehr, am Ende zähle ich mindestens zehn, die in der Ferne allmählich kleiner werden und schließlich verschwinden. Ein farbenfrohes Gemälde mit blauem Hintergrund.

Ich stelle mir die Menschen in den Körben vor, eingepackt in warmen Jacken, die Köpfe bedeckt von Kapuzen, Wollmützen, Schals. Einige schauen durch Fernrohre, andere halten die Kameras hoch.

Flache Felder ziehen jetzt vorbei, teilweise bedeckt mit Schnee, durchzogen von schmalen Wegen, auf denen Spaziergänger mit Hunden unterwegs sind. Dann Kiefern und Tannen mit langen, kahlen Stämmen, die Licht und Schatten filtern, dazwischen vereinzelt grazile Birkenbäume, weiß-schwarz gefleckt. Teiche halb zugefroren, Fetzen von Eisplatten schimmern im blasser werdenden Sonnenlicht. Drei stille Windräder strecken ihre Arme in den Himmel. Über eine Autobahnbrücke eilen winzige Autos wie emsige Ameisen. Und immer wieder kleine Ortschaften, denen hohe spitze Kirchtürme oder runde Zwiebeltürme ein Gesicht geben.

Schienenstränge nehmen die Geschwindigkeit des Zuges auf, scheinen mit uns zu wetteifern, laufen nebeneinander, aufeinander zu, verschmelzen kurz, um sich dann wieder zu entfernen. Ein bewegtes, faszinierendes Spiel der Gleise.

Eine ganze Weile begleitet der Main unsere Strecke. Eine Schnellstraße schiebt sich zwischen Fluss und Schiene. Sie läuft parallel, ziemlich nah, etwas unterhalb des Gleisbettes. Drei Ebenen. Einzelne Fahrzeuge auf der Straße begleiten uns. Ein kleines, rotes Auto mit einer Frau am Steuer neben uns, wir fahren eine Zeitlang gleich schnell. Die Frau dreht den dunklen Lockenkopf zur Seite und schaut in meine Richtung. Ich unterdrücke den kindlichen Impuls, ihr zuzuwinken. Die Straße verschwindet.

Der Zug drosselt seine Geschwindigkeit, auf einem Hügel erhebt sich die Residenz von Würzburg. Wir fahren in den Bahnhof ein. Reisende mit großem Urlaubsgepäck, deren Ziel vermutlich der Flughafen Frankfurt ist, steigen zu, schieben sich durch den Gang, auch Jugendliche mit prallen Rucksäcken. Noch bevor die Zugestiegenen einen Sitzplatz gefunden haben, schließen sich die Türen.

Ich schaue auf die Uhr und denke, gleich fährt mein Mann zu Hause los, um mich in Frankfurt abzuholen.

AUTOREN

Bormann *Gisela*

- Wo war der Weg?
- Verlorener Weg
- Blacky - mein treuer Begleiter
- Stafettenlauf in Istanbul

Darali *Astrid Ina*

- „Alles so schön bunt hier ?!"
- Und läuft ...
- Verlorener Zwilling
- Reicher Fluss

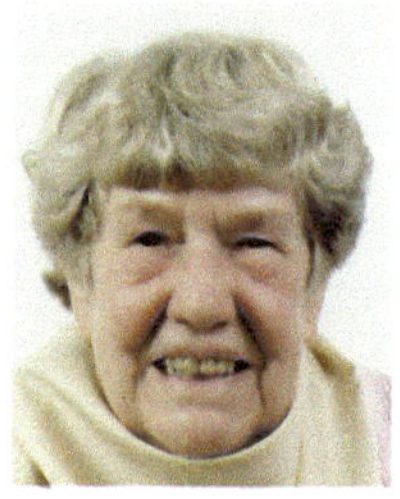

Dillenseger *Renate*

- Dünenwege auf Spiekeroog

Eisner *Gaby*

- Im Hamsterrad
- Nichts würde mehr sein wie zuvor...

Estate *Carola*

- Nachtspaziergang
- Nach der Theaterprobe
- Vom Beckenrand zur Umkleidekabine

Glaab *Corinna*

- Angekommen in der Ruhe
- LA FOLIA
- Unvergesslicher Grenzweg

Hübner *Wilhelm*

- Davongekommen
- Von zu Hause weg - wieder zurück

Langhammer *Eve-Marie*

- Begegnungen am Ufer
- Palmsonntag in der Toskana
- Im Lauf der Jahreszeiten

Marischen *Werner*

- Busfahrt nach Bethlehem
- Simon von Kyrene

Marziniak *Inge*

- Zeit der Erinnerung
- Hoffnung

Michaels *Richarda*
- Verflixte Grenze
- Flucht aus Breslau

Pagel *Dieter*

- Von der Schulbank -
  in die Pharmaforschung
- Von Höchst über Berlin
  nach Cleveland

Paulus *Ingrid*

- Die Diagnose
- Mein Weg ins Leben
- Rudra

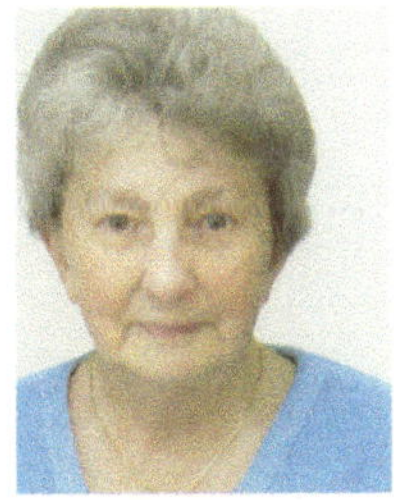

Pitschula *Anna Maria*

- Drei Zuckerstangen
- Heimweg zu Fuß
- Maurische Fantasien
- Wüstenfahrt bei Nacht

Purrnhagen *Sylta*

- Friedhöfe und Kirchtürme
- Schwarzer Peter
- Auf der Schiene